MYSTIC LIGHTHOUSE MYSTERIES

双子《ふたご》探偵《たんてい》ジーク&ジェン 5

謎《なぞ》の三角海《かい》域《いき》

ローラ・E・ウィリアムズ／石田理恵訳

ハリネズミの本箱

早川書房

〈双子《ふたご》探偵《たんてい》ジーク＆ジェン⑤〉

謎《なぞ》の三角海域《かいいき》

日本語版翻訳権独占
早川書房

THE MYSTERY OF THE PHANTOM SHIP
by
Laura E. Williams

Translated by
Rie Ishida
First published 2007 in Japan by
Hayakawa Publishing, Inc.
This book is published in Japan by
arrangement with
Scholastic Inc.
557 Broadway, New York, NY 10012, U.S.A.
through Japan Uni Agency, Inc., Tokyo.
さし絵：モリタケンゴ

この本をジェニファー・ジョーンズと
リチャード・ウェリングに捧《ささ》げます。

もくじ

第一章　ポセイドン三角海域《かいいき》　11
第二章　これもいたずら？　21
第三章　かくれ入《い》り江《え》　30
第四章　謎《なぞ》のファントム号　42
第五章　はめられた！　50
第六章　ファントム号の船長　61
第七章　不可解《ふかかい》な六人　68
第八章　犯人判明《はんにんはんめい》？　78
第九章　魔物出現《まものしゅつげん》！　87
第十章　誘惑《ゆうわく》　100
第十一章　真夜中の事件《じけん》　109
第十二章　ついにスタート　116
第十三章　ほんものの幽霊船《ゆうれいせん》？　122
解決篇《かいけつへん》　本件《ほんけん》、ひとまず解決！　138
謎解《なぞと》きは話をすることから始めよう――訳者《やくしゃ》あとがきにかえて　155

登場人物《とうじょうじんぶつ》

ジーク&ジェン

11歳の双子《ふたご》のきょうだい

ビーおばさん

ジークとジェンのおばさん。
ミスティック灯台《とうだい》ホテルの主人

ウィルソン刑事《けいじ》

ミスティック警察《けいさつ》の元刑事

ティル船長

ミスティック・ヨットハーバーの責任者《せきにんしゃ》

ビリー・セイバー

ノース・スター号の船長

サリー・ショー

ファントム号の船長

セイラム・ディッキー

リーガル・ウィンド号のクルー

リズ　クララ　クリス

ジュニアクルーの座《ざ》をねらうライバルたち

トミー　ステイシー

ジークとジェンの親友

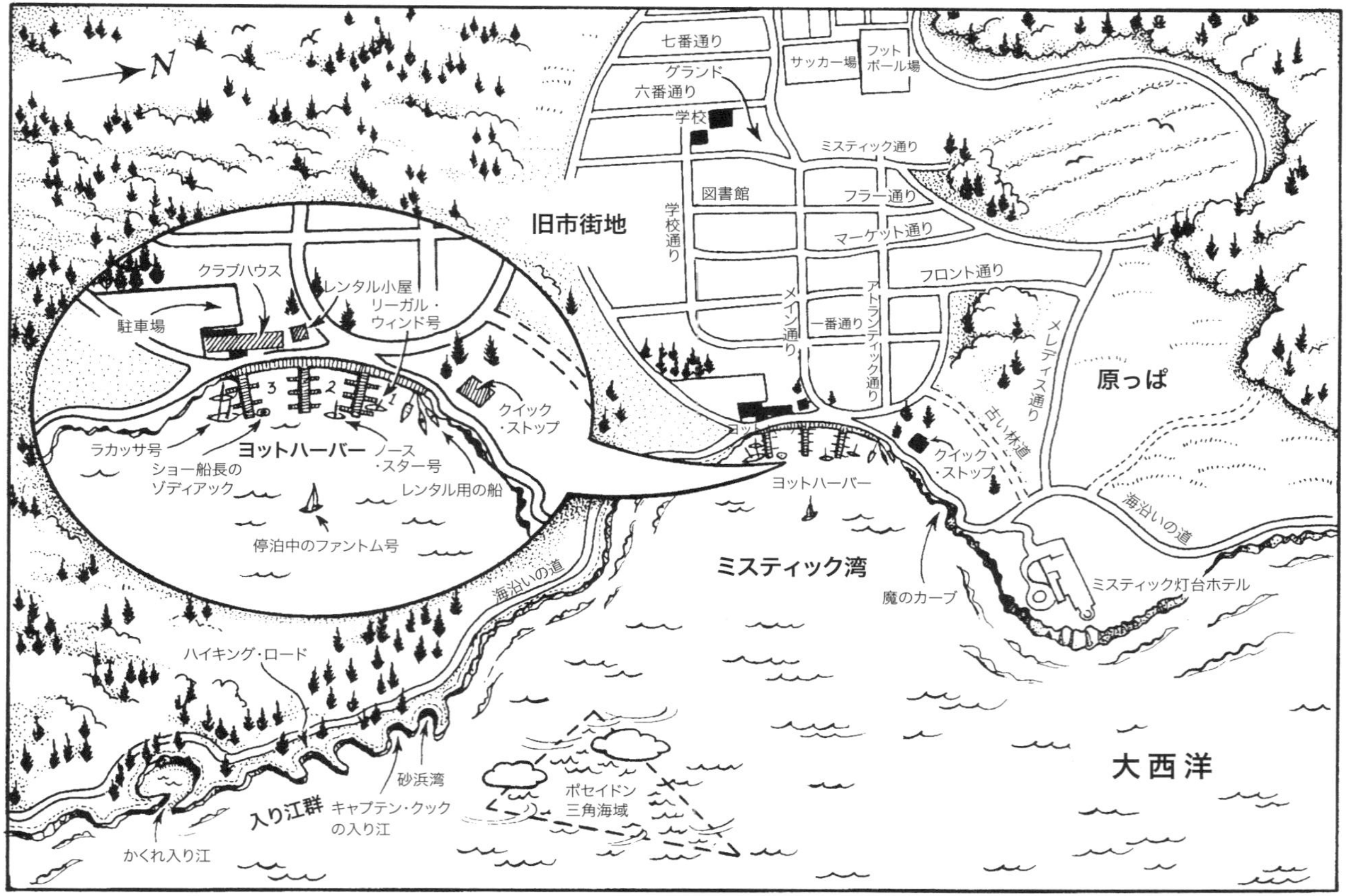

N
七番通り
サッカー場
フットボール場
グランド
六番通り
学校
ミスティック通り
図書館
フラー通り
旧市街地
学校通り
マーケット通り
フロント通り
クラブハウス
レンタル小屋
リーガル・ウィンド号
駐車場
メイン通り
一番通り
アトランティック通り
メレディス通り
原っぱ
クイック・ストップ
古い林道
ラカッサ号
ヨットハーバー
ノース・スター号
ショー船長のゾディアック
レンタル用の船
停泊中のファントム号
ミスティック湾
魔のカーブ
海沿いの道
ミスティック灯台ホテル
ハイキング・ロード
砂浜湾
ポセイドン三角海域
入り江群
キャプテン・クックの入り江
かくれ入り江
大西洋

読者のみんなへ

『謎《なぞ》の三角海域《かいいき》』へようこそ。この謎を解《と》くのはきみだ。犯人《はんにん》に結《むす》びつく手がかりは話の中にかくされている。巻末《かんまつ》にある「容疑者《ようぎしゃ》メモ」を使ってみよう。必要《ひつよう》ならコピーを取って、あやしいと思ったことを書きだすのだ。双子《ふたご》探偵《たんてい》ジークとジェンも同じ容疑者メモを使って謎を解いていく。さあ、きみはジークとジェンよりも先に『謎の三角海域』の事件《じけん》を解くことができるかな。

幸運を祈《いの》る！

第一章　ポセイドン三角海域《かいいき》

「ちょっと遅《おそ》すぎない？」ステイシーが腕《うで》時計の夜光式の文字盤《ばん》を確認《かくにん》しながら言った。

ジェンは月明かりに照《て》らされた水平線を見わたし、双子《ふたご》の兄ジークがクルーとして乗っているヨットをさがした。「ノース・スター号はもうもどるはずなんだけど……」

トミーとステイシーは落ち着かない様子で、ミスティック・ヨットハーバーにある古ぼけたベンチに、ジェンをはさんですわっていた。土曜日の盛大《せいだい》なヨットレースをまえに、このメイン州《しゅう》の小さな町にも観光《かんこう》客が押《お》し寄《よ》せていた。いつもなら静《しず》かなヨットハーバーも、船をながめる人や、ウォーターフロントを散策《さんさく》する人でにぎわっていた。

トミーがえらそうな口調《くちょう》で言った。「ぼくがクルーにいない以上《いじょう》、練習だけがたよりだからね」

ジェンがトミーのわき腹《ばら》をひじで突《つ》いた。「へえ、負け惜《お》しみね」

「負けたわけじゃないよ」トミーが切りかえした。「言っただろう。だれかがぼくをだまして、クルーから追い出したんだ。ヨットマンとしてはなかなかの腕前《うでまえ》なんだけどな」

「たしかにそうよね」ジェンも言った。ジークとトミーは二人とも、ノース・スター号のジュニアクルーの座《ざ》をねらっていた。ところがトミーは練習を一回欠席《けっせき》してしまい、それを理由に船長から失格《しっかく》を言いわたされたのだった。それでもこの唯一《ゆいいつ》のジュニアクルーの座をねらってジークと争《あらそ》っている子が、あと三人残《のこ》っている。今回のレースでジュニアクルーとして子どもを乗船させるのは、ミスティックのチームだけなのだ。

「ジークがクルーになれたら、すごいな」ジェンは思わず声に出した。

「ぼくという強敵《きょうてき》がいないから、きっとなれるよ」とトミー。

「五十万ドルよ！　ヨットレースに勝つだけで、五十万ドルももらえるなんて！」とステイシー。

「クルーのものにはならないかもしれないけど、それでも百万ドルの半分よ！」実際《じっさい》には、賞金《しょうきん》は母港《ぼこう》のヨットハーバーとヨットの所有者で山分けする。レース後にヨットのクルーに大盤《おおばん》ぶるまいされることが多い。

「みんな優勝《ゆうしょう》をねらっているわ」とジェン。「そうでしょう?」年に一度のこのイベントのために、船がすでにミスティック・ヨットハーバーに集まっていた。あしたになれば、何十艘《そう》もの船が東海岸を埋《う》めつくすことになる。すでに、遠くサウス・カロライナ州やフロリダ州《しゅう》からのヨットが、桟橋《さんばし》に係留《けいりゅう》されている。昨年《さくねん》はロードアイランド州のニューポートでこのレースが開催《かいさい》された。そこでミスティックから参加《さんか》したチームが——なんと二十五年ぶりに——優勝したため、今年のレースはミスティックで開催されることになったのだ。

トミーがため息をついた。「ノース・スター号のクルーだったらな。優勝するためになんだってやるのに」

ステイシーは大きな明るい青色の目を見開いて、トミーを見た。「なんだって?」

「そうさ、なんだってやるさ」とトミーがきっぱりと言った。「お金はもらえなくても名誉《めいよ》なことだからね。そのあとは好《す》きなヨットのクルーになれるだろうし。船長たちから、もうひっぱりだこさ」

ジェンがくすっと笑《わら》った。「野球の強豪《きょうごう》チームからひっぱりだこになるんじゃなかったっけ？」

トミーはにんまりして答えた。「問題ないさ。両方こなすから！」

三人は声をあげて笑った。トミーの話しかたはうぬぼれすぎだが、たしかに腕《うで》のいいヨットマンであり、すぐれた野球選手《せんしゅ》でもある。ジェンもそれは認《みと》めざるをえない。でもそれ以上《いじょう》に有名なのは、トミーの食べっぷりだ。それを証明《しょうめい》するかのように、トミーはすっくと立ちあがるとクラブハウスのほうへ歩きだした。

「ホットドッグを食べたい人いる？」肩《かた》ごしに声をかけた。

ジェンとステイシーは首を横にふった。とそのとき、ジェンがミスティック・ヨットクラブの会長であるティル船長を見つけた。そして指をさしてステイシーに知らせた。

「あそこでなにをしているのかしら？」とステイシー。

ジェンは肩をすくめた。白髪《しらが》頭で、あごにもほおにも真っ白なひげをたくわえた筋骨《きんこつ》たくましいティル船長が、近くの桟橋《さんばし》を行ったり来たりしている。とつぜん、むずかしい表情《ひょうじょう》でふりむくと、あたりをさっと見わたし、そのまま暗闇《くらやみ》に消えていった。

「なんだか心配そうね」とジェン。

「きっと、ノース・スター号がもどらないことを気にしているのよ」ステイシーはジェンのほうを向いて言った。「わたしも心配だもの」

「そんなに心配しないでよ」ジェンはステイシーのひざをポンポンとたたきながら言った。「わたしまで不安になってきちゃったじゃない」暗い海でヨットに乗るなんて、考えただけでぞっとする。昼間でさえヨットに乗るのは好《す》きではない。水がこわいわけではなく、ヨットのゆれが苦《にが》手《て》で、船酔《ふなよ》いしてしまうのだ。

「なにをしているんだね?」しわがれた声で話しかけられた。

ジェンはギクリとした。その声の主《ぬし》が、先ほど桟橋《さんばし》を行ったり来たりしていたティル船長だと、すぐには気づかなかった。

「ノース・スター号を待っているんです」この人はどうしてこそこそと自分たちに近づいてきたのだろう、と不思議《ふしぎ》に思いながら、ジェンは答えた。

ティル船長は腕《うで》時計を見ながらまゆを寄《よ》せた。「もうもどってきてもいい時間だ。なにごともなければいいが……」

ジェンはこれまで無視《むし》しようとしていた不安を、ぐっとおさえつけた。「だいじょうぶに決まってるわ」せいいっぱい自信《じしん》ありげに言った。

「だといいが」ティル船長が心配そうに言う。「もうかなり長く海で生活してきたが、とんでもないことが起こったりするものだからな」片足《かたあし》をベンチにのせ、まえかがみになりながらひげをなでている。「どこからともなく突風《とっぷう》が吹《ふ》きあげてきたことがあった。ひっくりかえされるかと思った。実際《じっさい》、クルーのひとりが船《ふな》べりから海に引きずりこまれた」

ジェンは体をふるわせた。ティル船長は海にまつわるこわい話を得意《とくい》としている。でも今、そんな話をしなくてもいいじゃない？

「それにポセイドン三角海域《かいいき》」船長は話しつづけている。「あそこの一帯《いったい》はあぶない。巨大《きょだい》な魔《ま》物《もの》が、貨物船《かもつせん》をひとのみにしたという話を聞いたことがある。わたし自身もこの目で目撃《もくげき》した。五十トンもの鉄鉱石《てっこうせき》を運んでいたはしけが、パッと消えたんだ」指を鳴らして強調してみせる。「直前まではしけがあったところから、巨大な足のようなものが突《つ》き出ているのを見た。それ以《い》降《こう》、そのはしけも、乗組員《のりくみいん》の姿《すがた》も見たことがない。それに――」

「ノース・スター号はだいじょうぶです」そう信《しん》じたい一心で、ジェンが割《わ》りこんだ。ポセイドン三角海域《かいいき》に出没《しゅつぼつ》する魔物《まもの》の話はもうたくさんだ。ティル船長が話していた一帯《いったい》というのは、ミスティック沖《おき》の三角海域で、とくに波が荒《あら》い。船が姿《すがた》を消した、魔物がひそんでいる、海難事故《かいなんじこ》が起きたなどといった言い伝《つた》えがあり、ミスティックで知らない人はいない。境界線《きょうかいせん》がはっきりしているわけではないが、船乗りたちはだいたいどのあたりなのかを知っていて、入りこまないよう、細心《さいしん》の注意を払《はら》っている。

「お嬢《じょう》ちゃん、心配することはないよ」くすくす笑《わら》いながらティル船長が言った。「レースのルートは、あの三角海域からはるかはなれたところに設定《せってい》してあるから」

それでもジェンは安心できなかった。風のこわさは知っている。少しでもクルーが気を抜《ぬ》けば、思ってもみない方向へと船が運ばれてしまうこともある。

ティル船長がもみ手をしながら言った。「わしの勘《かん》では、断言《だんげん》できるぞ」海賊《かいぞく》のような話しかただ。

「なにをですか?」トミーがホットドッグをほおばりながらもどってきて、ティル船長にきいた。

「今年はノース・スター号が優勝《ゆうしょう》する」ティル船長は言いきった。

そうなってもらいたい。でもどうして断言できるのだろう。ジェンはたずねた。「どうしてそう思うんですか？」

船長はジェンを見てウィンクした。「言ったとおりさ。勘《かん》だよ、勘」そううなずくと、クラブハウスのほうへと小走りでもどっていった。

「まるでサンタクロースだな」あごについたケチャップをふき取りながら、トミーが言った。

「サンタにしてはちょっとあやしいけどね」ステイシーが、カールした金髪《きんぱつ》に指をからめながら言った。「サンタなら、魔物《まもの》の話で子どもたちをこわがらせたりはしないわ」

ジェンはなにも言わなかったが、同じことを考えていた。それにしても、ノース・スター号はどこに行ってしまったのだろう。どうしてまだヨットハーバーにもどらないのかしら。巨大《きょだい》な海蛇《うみへび》に丸ごと飲みこまれてしまったとか？　ばかげたことをと思いながらも、悪いほうへ悪いほうへと考えてしまう。

双子《ふたご》センサーを試《ため》してみた。ジークがなにを言おうとしているのか、口に出すまえにわかるときがある。はなれていても、ジークが感じていることがわかるときも。

不安が押《お》し寄《よ》せてきた。ジークの身になにか起きたのだ。ジェンにはそれがわかる。

ジークは大西洋を見わたしていた。満月《まんげつ》が近い。空には雲もほとんどなく、海はまるで無数《むすう》のダイヤモンドを散《ち》りばめたように、きらきらとかがやいている。帆《ほ》が風を受け、ノース・スター号の船体に波がぶつかる。今のところ、試験帆走《しけんはんそう》は順調《じゅんちょう》だ。ジークとあと三人の子どもたち、リズ、クリス、そしてクララはこの帆走中、ビリー・セイバー船長と助手の女性《じょせい》ホーンさんにより行動を観察《かんさつ》され、評価《ひょうか》されてきた。ジーク自身は手ごたえがあった。きびきびと動いたし、命令《めいれい》にもしたがい、使用されていないロープや用具はきちんと片《かた》づけた。たったひとりのジュニアクルーに選《えら》ばれる可能性《かのうせい》はじゅうぶんあるはずだ。

それなのに背《せ》すじがむずむずするのは、どうしてなんだろう。必死《ひっし》になってその感覚《かんかく》をふり払《はら》おうとした。

すぐ西側《にしがわ》に広がる、ポセイドン三角海域《かいいき》のせいだろうか。迷信《めいしん》を信じているわけではないが、魔物《まもの》や奇妙《きみょう》な潮《しお》の流れ、危険《きけん》な渦《うず》、そして海賊船《かいぞくせん》の幻影《げんえい》などについてのおそろしい話を、小さいころから聞かされてきた。それを考えると、三角海域近くに来て、多少びくびくするのは当然《とうぜん》かもしれない。

ノース・スター号は、この三角海域とごつごつした海岸線のあいだの細い水路《すいろ》ではなく、海域の外側《そとがわ》を通ってミスティックに向かっていた。この危険《きけん》な一帯《いったい》を通過《つうか》したあとで、西に針路《しんろ》を変《へん》更《こう》すればヨットハーバーにもどることができる。これで問題ないはずだ。

「問題なし」ジークは声に出して自分に言い聞かせた。でも風に声が流されて、自分でも自分の声を聞き取ることができなかった。デッキに腰《こし》をおろし、肩《かた》の力を抜《ぬ》き、こぶしをゆるめた。

次の瞬間《しゅんかん》、全身にふたたび力が入った。ノース・スター号の左舷《さげん》の先に、なにか光るものが見えた。思いちがいか？　いや、静《しず》かに海面を進んでいく、立派《りっぱ》なヨットの輪郭《りんかく》だった。ポセイドン三角海域《かいいき》のちょうど真ん中あたりだ。ところがその直後、その船影《せんえい》が消えた！

第二章　これもいたずら？

「船長！」ジークは叫《さけ》び、あわてて立ちあがった。「船長、来てください！」

「どうした？」ジークのもとに近づきながら、背《せ》の高い、やせぎみの船長がきいた。「三角海域《かいいき》に魔物《まもの》でもあらわれたのかな？」と笑《わら》っている。

「いや、そうじゃなくて……ヨットが見えたんです」

セイバー船長は顔をこわばらせ、目を細めた。「どこに？」

指さしながらジークが答えた。「あそこです。とつぜんあらわれて、とつぜん消えました。まるで海中に吸《す》いこまれたみたいに」

「からかっているのか？」船長がきびしい顔でジークを問《と》いつめた。

「まさか。ほんとうです。見えたんです」

セイバー船長がクルー全員に叫《さけ》んだ。「方向転換《てんかん》！」

その声とともに、クルーはすばやく行動を起こした。

「どこに向かうんですか？」とリズ。「もどるんじゃなかったんですか？」

「ジークがポセイドン三角海域《かいいき》でヨットを目撃《もくげき》した。事故《じこ》などが発生していないか、確認《かくにん》しなければならない」

「海域に入るんですか？」クリスが不安げな声できいた。背《せ》の低《ひく》い赤毛のこの少年は、ジークと同じミスティック小学校の六年生で、教室で会ったこともある。でも数週間まえにこの選考《せんこう》が始まってからというもの、ジークの行く先々にクリスがいる気がした。

「しかたがあるまい」船長がぶっきらぼうに答えた。

「これでなにごともなかったら、チームから追放《ついほう》ね」リズが声をひそめて、せせら笑《わら》うように言った。背が高く、金髪《きんぱつ》をきっちりとポニーテールにしているリズは、ジークと二歳《さい》しかちがわないのに、もっと年上であるかのようにふるまっている。それに、まるで自分がジュニアクルーの座《ざ》を勝ち取ったような態度《たいど》だ。

いつも落ち着いていて、金縁《きんぶち》のめがねごしにみんなを静《しず》かに見ている、中学一年生のクララでさえ、ジークをじろりとにらんだ。「やるわね、ジーク」とつぶやいた。

ジークはなにを言われても気にしないようにした。ヨットが三角海域《かいいき》に入ると、ロープがぎしぎしと音を立てた。ジークは目をこらした。船が難破《なんぱ》した形跡《けいせき》——助けを求《もと》めて手をふっている人や浮《う》かんでいる救命具《きゅうめいぐ》、木材《もくざい》など——がないか、水面をくまなくさがした。

数分後、セイバー船長が口を開いた。「なにもないみたいだぞ。ジーク、ほんとうに船を見たのかね？」

ジークはごくりとのどを鳴らした。たしかに見た気はする。でもそれだけでは、どうして幽霊《ゆうれい》船《せん》のようにぱっと姿《すがた》を消したのか、説明《せつめい》できない。そのさまを思い出そうとするのだが、頭に浮かんでくるのはイルカがとびはねている姿ばかりで、見たはずの立派《りっぱ》な船影《せんえい》が出てこない。「えっと」しぶしぶながら認《みと》めるしかなかった。「見た気がしたんですが……イルカの群《む》れだったのかもしれない」

「イルカだと？　どうして最初《さいしょ》からそう言わないんだ？　さあ、三角海域からとっとと出よう」

セイバー船長は怒《おこ》った声で言い、ふたたび方向転換《てんかん》の号令《ごうれい》をかけた。

クルーはすばやく船をミスティック港へ向けた。まもなく帆《ほ》をおろし、エンジンでノース・スター号を第二桟橋《さんばし》横の係留《けいりゅう》場所へとつけた。ジークはジェン、ステイシー、トミーに手をふった。

三人ともジークの帰りを待ちわびている。でも、すべてのあとかたづけが終わらないと、船からおりることはできない。帆はたたんでひもで結《ゆ》わき、デッキは水洗《みずあら》いをする。

「やっと帰ってきたわね」ジークが桟橋にとび移《うつ》ると、ジェンが声をあげた。

「あら、心配していたの？」ジークがなにか言うまえに、リズがあざけるように割《わ》りこんできた。

ジェンは軽蔑《けいべつ》のまなざしを、ジークの競争《きょうそう》相手であるこの年上の女の子に向けた。「べつに」とうそをつく。「ただ、あした学校があるのに、遅《おそ》くなっちゃったな、と思ってただけよ」

リズがわざとらしくため息をついた。「それならジークの責任《せきにん》よ」そう言うと、今度はトミーに向かってほほえんだ。「練習をすっぽかして、チームから追い出されたのは残念《ざんねん》だったわね。わたしも競争相手がいなくなってさびしいわ」そして長いポニーテールをなびかせ、のんびりと桟橋を歩いていった。

トミーはリズをにらみつけている。

クララはだまって四人の横をすりぬけたが、クリスは立ち止まった。「女ってばかだよな」リズのほうを見ながら言う。

「まったくだよ」トミーが同調する。「練習が中止になったなんてうその電話をよこしたのは、リズにちがいない。ぼくを蹴落《けお》としたかったんだ。そのためには、だますしかなかったのさ」そして声をひそめた。「でもセイバー船長は、そんな電話があったことを信《しん》じてくれなかった」

「証明《しょうめい》できなかったからでしょ」ステイシーがたしなめた。

トミーは大きく両手を広げてみせた。「ほんとうだよ。電話があったんだ。ヨットハーバーのマイヤーズだかマシューズだかと名乗って、練習が中止になったことを全員に知らせるように、セイバー船長からことづかったと言ってた。こんな作り話をぼくがわざわざすると思う?」

「船長は、またトミーのなまけ癖《ぐせ》が出たなと思ったのかもよ」ステイシーがからかった。

「冗談《じょうだん》じゃないよ」トミーが不満《ふまん》そうに言った。

クリスが言った。「リズは自分がジュニアの枠《わく》をもらえるものだと思っているんだ」そしてジークのほうを向いた。「でもぼくにはわかってるよ。ジュニアの枠を手に入れるのはジークだよ。だってジークがいちばんだもの」

「あ、ありがとう」ジークは心ここにあらずだった。リズの高飛車《たかびしゃ》な態度《たいど》には慣《な》れっこだ。それよりももっと気になることがある。

「さ、あしたのテストの勉強をしなくちゃ。じゃ、またあしたね」クリスはそう言うと足早《あしばや》に去っていった。

「ノース・スター号の帰港《きこう》が遅《おく》れたのはジークの責任《せきにん》だってリズが言っていたけど、どういう意味？」ジェンがジークを見つめながらきいた。

ジークは一度大きく深呼吸《しんこきゅう》をした。自分が見たものを、ジェンや友だちは信《しん》じてくれるだろうか。自分でも信じられない気分なのに。「幽霊船《ゆうれいせん》を見たんだ！」

ジェンが息をのんだ。「なんですって？」

四人はクラブハウスに向かって歩きはじめた。ロッカーにあるジークのリュックを取りに行くためだ。「ポセイドン三角海域《かいいき》の真ん中にヨットが見えたんだ。でも、見えたと思ったら、次の瞬間《しゅんかん》には消えていた」

「見まちがいじゃない？」とステイシー。

「ほんとうに見えたの？」ジェンがきいた。

ジークは肩《かた》をすくめた。「まずまちがいないと思うけどな。でも三角海域《かいいき》の中に入って確認《かくにん》したけど、なにもなかった」

「だれかにひっかけられたのかもよ」とトミー。

「ノース・スター号のロープが、ぐちゃぐちゃにからまって、海水をすっかり吸《す》いこんでた、あのときみたいに？」ジェンがきいた。

ジークは思わずうなった。あのロープをほどくのに、何時間かかったことか。それに最悪《さいあく》だったのは、セイバー船長が、ロープをきちんと片《かた》づけておかなかったジークの責任《せきにん》だと言ったことだった。たしかにロープは片づけたのに。

「そうだね、だれかにからかわれたのかも」ジークは思いにふけりながらつぶやいた。

四人はクラブハウスのロビーを通りぬけ、ロッカールームへと向かった。トミーはガラスばりのケースのまえで立ち止まり、昨年《さくねん》のレースでミスティックが勝ち取った金色のトロフィーに見とれていた。

「今年もまた優勝《ゆうしょう》できるかもね」金のカップの側面《そくめん》にはヨットがきざみこまれている。それを見ながらステイシーが言った。

「優勝《ゆうしょう》できるといいね」ジェンも言った。どうしてティル船長はあんなにも自信《じしん》たっぷりだったのだろうと、ふと不思議《ふしぎ》に思った。

ジークはリュックを取りに、男子ロッカールームへと急いだ。ロッカーのまえに来て、顔をしかめた。三十四の番号がついた深緑色の金属製《きんぞくせい》の扉《とびら》が、少し開いていたのだ。「鍵《かぎ》はかけたはずなのに」だれもいない部屋《へや》でつぶやいた。そして肩《かた》をすくめた。リュックを取り出すと、肩にかけ、ロッカーの扉をしっかりと閉《し》めた。ダイアルをまわし、きちんと鍵がかかったか、もう一度たしかめた。

ロビーではジェンがひとりで待っていた。「ステイシーとトミーは帰ったわ」ジェンは説明《せつめい》した。「わたしたちも急がなきゃ。ビーおばさんが心配するわ。一時間まえに一度電話はしておいたけど」

ビーおばさんは、町はずれにあるミスティック灯台《とうだい》ホテルを営《いとな》んでいる。ジェンとジークは九年まえ、二歳《さい》のときに両親を交通事故《じこ》で亡《な》くしてからというもの、このホテルでおばさんといっしょに暮《く》らしている。二人はビーおばさんに心配をかけないようにしてきた。なにしろおばさんは、このホテルのことでいそがしいのだ。

ジェンとジークは外に出た。暗さに目が慣《な》れるのにしばらくかかった。明かりらしきものは、各桟橋《さんばし》の端《はし》に立つ外灯《がいとう》しかない。船のほうから声がいくつか風に乗って聞こえてくる程度《ていど》で、あとは静《しず》まりかえっている。この時間になると、観光客《かんこう》もほとんど宿泊《しゅくはく》先にもどり、ベッドにもぐりこんでいるはずだ。灯台《とうだい》ホテルもこのレースのためにおとずれた見物客で満室《まんしつ》だ。

ジェンがとつぜんジークの腕《うで》をつかんだ。「あれはなに？」と、第二桟橋を指さした。

ジークは暗闇《くらやみ》の中で目をこらした。背中《せなか》を丸めた、黒い服の人が、ノース・スター号にこっそり乗りこもうとしているのだ。

第三章　かくれ入《い》り江《え》

「行ってみよう」ジークがささやいた。「なにをする気か、たしかめなきゃ」栈橋《さんばし》に向かって歩きはじめた。リュックサックが背中《せなか》でゆれている。

ジェンもすぐうしろからついていく。木製《もくせい》の栈橋に着くと二人は歩くペースを落とした。みしみしと板《いた》を踏《ふ》む音で、気づかれてしまうからだ。

足をしのばせ、二人は進んだ。ジェンはかろうじて、ヨット内をうろつく人影《ひとかげ》を目で追うことができた。だが、ノース・スター号を栈橋につないでいるロープのところまで来ると、背中を丸めた人影に気づかれてしまった。相手はヨットからとびおりると、二人を押《お》しのけ、そのあいだったので、桟橋《さんばし》を走っていった。ジェンは横転《おうてん》した。低《ひく》い位置《いち》に手すりがあってさいわいだった。ジークはよろめいたが、どうにかころばずにすんだ。

侵入者《しんにゅうしゃ》の黒い人影《ひとかげ》は、ヨットハーバーの先に広がる暗闇《くらやみ》へとまぎれてしまった。

「だいじょうぶ？」ジェンを助け起こしながらジークがきいた。

「平気よ。とっつかまえたら、押《お》したおされる気分を味わわせてやるわ！」

ジークは笑《わら》った。

ジェンがにらみかえす。「なにがおかしいのよ？」

「怒《おこ》ったときのジェンさ。強がってるけど、いざとなると、スリンキーよりおくびょうになっちゃう」ジークは飼《か》いネコの名前を出して説明《せつめい》した。

「なにごとだね？」怒《いか》りに満《み》ちた声が聞こえた。ふりむくと、桟橋の上をセイバー船長が大またで歩いてくるところだった。「二人ともこんなところでなにをしている？　だれも乗船していないときは、ヨットに近づいてはいけないはずだよな」

「ノース・スター号に侵入する人を見かけて」ジークが説明する。「様子を見にきたんです」

セイバー船長が顔をしかめた。「それはだれだったのかね？」

「わかりませんでした」とジェン。「近づいていったら、その人はヨットからとびおりて、わたしたちを押《お》したおしたんです。あやうく海に落ちるところでした」

「とにかく、子どもがこんな時間にここにいるのは危険《きけん》だ。おばさんもそう言うはずだよ。もう帰りなさい。残念《ざんねん》だが、これできみの評価《ひょうか》はひとつさがってしまったよ、ジーク」

ジェンが言いかえそうとしたが、ジークがそれを止めた。セイバー船長と議論《ぎろん》してもしかたない。船長はジークが悪ふざけをしていると思ったにちがいない。ロープにいたずらをしようとしたとか。おそらくポセイドン三角海域《かいいき》でヨットを見たというのも、作り話だと思っているのだろう。ジークはため息をついた。このままでは、ノース・スター号のクルーにはなれない。

二人はだまって自転車を出した。町を出ると、遠くの崖《がけ》の上で、灯台《とうだい》がかがやいているのが見えた。「おかえりなさい」と言ってくれているみたいで、ジェンはこの光景《こうけい》が好《す》きだった。今では灯台は実際《じっさい》に使われているわけではない。でもビーおばさんは火を灯《とも》しつづけている。灯台ホテルの昔なつかしい感じが増《ま》すからだと言う。

ホテルまでの急な坂道をのぼりおえると、自転車をとめ、急いで中に入った。

「ここよ」ビーおばさんの声が食堂《しょくどう》から聞こえた。二人が入っていくと、ビーおばさんはにっこりと笑《わら》った。「金曜夜の、ヨットレース前夜祭《ぜんやさい》の用意をしているのよ。お客さんも多いから、早めに準備《じゅんび》しはじめないと間《ま》に合わないでしょ」そう言いながらも、ひとつなぎになった錨型《いかりがた》のランプをつるす手を止めなかった。

「なにか手伝《てつだ》おうか？」ジークがきいた。

「とんでもない」とビーおばさん。「宿題《しゅくだい》があるでしょう。もうこんな時間だし。ゆっくりして、早く寝《ね》なさい。このビッグイベントまであと三日しかないのよ！」

二人はおばさんをぎゅっと抱《だ》きしめておやすみを言うと、灯台《とうだい》一階を占《し》める記念館《きねんかん》へと向かった。ジェンの部屋《へや》はこの灯台の二階、ジークの部屋は三階にある。クリフおじさんが亡《な》くなるまえに、二人のために灯台をリフォームしてくれたのだ。

階段《かいだん》の途中《とちゅう》でジェンが立ち止まり、深呼吸《しんこきゅう》をした。「あした、ポセイドン三角海域《かいいき》を調べてみなきゃね」

「うそだろ？」

「ジークが今夜見たものがなんだったのか、手がかりをさがしに行くのよ。思いちがいだとは思えないわ。ジークもそうでしょう？　レース中にとんでもないことが起こって、レースをだいなしにされてもいいの？　そのヨットになにが起きたのか、調べるべきよ」

「でも、船酔《ふなよ》いするんじゃない？」

そのことを考えただけで気分が悪くなる。「そんなことを言ってる場合じゃないわ」

「わかった」とジーク。「あしたは船外機《せんがいき》のついたゴムボートのゾディアックを使おう。ヨットよりモーターボートのほうが船酔いしないはずだ。三角海域《かいいき》は様子を見に行くだけだよ。中には入らない。セイバー船長の指示《しじ》で海域の中でヨットを走らせたけど、すごくこわかったよ」

ジェンはうなずいた。心の中でほっとしていた。作り話だとわかってはいるけれど、巨大《きょだい》な足を持つ魔物《まもの》になんか飲みこまれたくはない。不気味《ぶきみ》な渦《うず》に巻《ま》きこまれて、姿《すがた》を消すなんてのもごめんだ。

ジークは二階でジェンと別《わか》れると、さらに階段《かいだん》をのぼって自分の部屋《へや》へと向かった。さらにもう一周《しゅう》、らせん階段をのぼれば、そこは灯台《とうだい》のてっぺんで、展望台《てんぼうだい》になっている。

ジークの部屋の壁《かべ》にはレーシングカーのポスターがはられ、本棚《ほんだな》にはスター・ウォーズ・グッズがきれいにならべられていた。ジークは体をのばすとあくびをした。宿題《しゅくだい》はないけど、あしたはセイバー船長がペーパーテストをおこなうことになっている。ジュニアクルーへの道のりはけわしい。

　ジークはベッドに腰《こし》かけ、リュックを開けた。きれいに整理したプリントやテキストをぱらぱらめくり、練習中に書きとめたメモをさがした。いやな予感がする。もう一回、さがしてみた。テキストなどはきちんとそろっている。なのに、メモが見あたらない。パニックでのどがつまりそうになりながら、リュックの中身をベッドの上にぶちまけた。ペンや鉛筆《えんぴつ》が数本、テキストが四冊《さつ》、紙、小石がいくつか、それに飴《あめ》の包《つつ》み紙が目のまえに散《ち》らばっている。でもメモがない！

　心臓《しんぞう》がバクバク鳴っている。テキストを最初《さいしょ》から最後まですべてめくり、紙という紙をチェックした。どこをさがしても、メモは見つからない。ジークはうめき声をあげた。あしたまでにクルー用のテキストを最初から読み、必要《ひつよう》なところを書きだすしかない。ベッドわきの時計を見た。今十時。ジュニアクルーになりたいのであれば、ジークの一日はまだまだ終われない。


　翌《よく》木曜日の放課後《ほうかご》、ジークは体をひきずるようにしてヨットハーバーへと向かった。ジェンと待ちあわせをしていたのだ。

「いったいどうしたのよ？」ジェンがジークの姿《すがた》を見てきいた。

ジークはあくびをした。「ゆうべ、リュックの中にしまってあったはずのメモが見つからなかった。だからテキストを最初《さいしょ》から読むはめになっちゃったんだ」そう言うと、もう一度あくびをした。

ジェンもあくびをした。「ねえ、やめてよ。あくびって伝染《でんせん》するんだから。わたしは疲《つか》れてなんかないのに。メモはどこに行ったの？　どこかに置《お》き忘《わす》れたりした？」

ジークは首を横にふった。「それがおかしいんだ。放課後《ほうかご》、リュックの中にあったのはたしかなんだけど」そして肩《かた》をすくめた。「今心配してもしかたないさ。テストの準備《じゅんび》はできているから」ヨットハーバーのクラブハウスへと向かう。「ポセイドン三角海域《かいいき》を調べに行くのなら、すぐに出発しよう。遅刻《ちこく》したくないからね。セイバー船長からは、テストは会議室《かいぎしつ》で、五時ちょうどに開始するって言われているんだ」

ジェンが腕《うで》時計を確認《かくにん》した。「一時間半はあるわね。さあ、行こう」

二人は船外機《せんがいき》つきのゴムボート、ゾディアックを借《か》り、救命胴衣《きゅうめいどうい》を着用した。ジークがエンジンをかけた。ブルンブルンと音を立て、エンジンが稼動《かどう》しはじめたとき、ティル船長が桟橋《さんばし》のはるかむこうで手をふっているのが見えた。

「おーい、待て！」と叫《さけ》んでいる。

ジークがエンジンをアイドリング状態《じょうたい》に落とし、走ってくる白髪《はくはつ》の船長を待った。

「どこに行くんだ？」ティル船長がきいた。

「ちょっとそのあたりを一周《しゅう》」とジーク。「波もおだやかだし、ちょっとしたクルージングには最高《さいこう》かなと思って」

「南の入《い》り江群《えぐん》には近づくな」ひげをさすりながら船長が注意した。「あのあたりの流れは危険《きけん》だ」

ジェンはうなずいたものの、なんでわざわざこんなことを言いにきたのだろうか、と不思議《ふしぎ》に思った。ミスティックではみんな、南の入り江近辺《きんぺん》の海流は危険だとわかっている。それでも、干潮時《かんちょうじ》で天気もよければ、あのあたりの探検《たんけん》に行ってしまうのだ。

「それに、当然《とうぜん》のことだが、ポセイドン三角海域《かいいき》には近づくな」ティル船長はウィンクした。

「はい《アイ》、はい《アイ》、船長《サー》！」ジークが敬礼《けいれい》しながら答えた。そう言うと、ゾディアックを桟橋《さんばし》からはなした。

ジェンがふりかえったときにも、ティル船長はまだ同じところから二人をじっと見つめていた。

「あれはなんだったのかしら？」思わず口にした。

「みんなのおじいちゃんのつもりなんだろう。なんていうか、いつも気をつけて見守っているみたいな」とジーク。スロットルを開けるとスピードが出て、ジークの茶色いくせっ毛が風になびいた。

ボートに波がぶつかると顔に水しぶきがかかる。ジェンは必死《ひっし》にボートにしがみついていた。そして海水が入らないよう、目を細めた。このエンジン音があるので、話しかけても聞こえないと思い、ゆうべのティル船長の言葉をジークに教えてあげるのはあとにしようと考えていた。ヨットハーバーの責任者《せきにんしゃ》である船長は、今年のレースはノース・スター号が優勝《ゆうしょう》すると確信《かくしん》しているようなのだ。でも、どうして？

ゾディアックは浮《う》きあがったかと思うと、バシャンとはげしく波にぶつかるので、考えていたことがすべて頭の中から吹《ふ》っとんでいってしまいそうだ。ジークは楽しそうに声をあげた。ジェンは必死につばをのみこんだ。吐《は》くもんですか。吐きはしない。そう自分に言い聞かせた。

ようやくジークがスロットルをゆるめると、スピードが遅《おそ》くなり、ミスティック港を出て南へと向かった。右側《みぎがわ》のでこぼこした海岸線には、入《い》り江《え》がいくつもできている。左側にはポセイドン三角海域《かいいき》が広がっている。まるで目に見えない魔物《まもの》がひそかに襲撃《しゅうげき》のチャンスをねらっているようだ。

「たぶん、三角海域にはなにもないだろう」ジークがエンジン音に負《ま》けじと声をはりあげた。

「でもなにがあるかわからない。ちゃんと見張《みは》っていよう」

「入《い》り江《え》も調べてみようよ」とジェン。「もし事故《じこ》が起きていたなら、なにかが漂《ひょう》着《ちゃく》しているかもしれない」

ジークはうなずいた。この海岸線はとても入り組んでいる。ジークは今でも入り江探検《たんけん》に好《この》んで出かける。ジェンもボートに乗る気にさえなれば喜《よろこ》んでついてくる。小さいころはここで、二人で何時間も海賊《かいぞく》ごっこをして遊んだものだ。

最初《さいしょ》の入り江は砂浜湾《すなはまわん》と呼《よ》ばれている。なぜなのかジークにはわからない。どこにも砂などないのだ。ギザギザの崖《がけ》が荒波《あらなみ》の大西洋からそびえたっているだけだ。ジークは次の入り江、キャプテン・クックの入り江へと向かった。そこも出ると、ゾディアックをふたたび南へと向けた。

入り江も六つめくらいになると、ジェンはうんざりしはじめた。「もうもどろうか」スロットルを全開にするとエンジン音で声がかき消されるので、そのまえにジークに声をかけた。

「あともう一カ所だけ」とジーク。「ぼくのお気に入りの場所なんだ。かくれ入り江《いえ》さ」

ジェンは肩《かた》をすくめた。気持ち悪くはない。「わかった」と承諾《しょうだく》した。かくれ入り江はそこからわずか三分ほど南に行ったところにある。沖《おき》に出ていると、崖《がけ》の表面がわずかにえぐれているように見えるだけなのだが、実際《じっさい》には突《つ》き出た大きな岩のうしろに深い入り江が広がり、磯浜《いそはま》になっている。だからかくれ入り江と呼《よ》ばれているのだ。

岩のうしろにまわりこんだが、それまでの入り江同様《どうよう》、なにもなかった。波間にヨットの残骸《ざんがい》が浮《う》いているようなこともないし、沈没《ちんぼつ》した船のガソリンタンクからもれ出した油が、ぎらついている様子もなく、座礁《ざしょう》した船の乗組員《のりくみいん》が浜から手をふっていることもなかった。この探検《たんけん》は、結局《けっきょく》は時間のむだだったのかもしれない。

「ちょっと待って」ジークが入り江から出ようとしたところで、ジェンが叫《さけ》んだ。ごつごつした浜を指さしている。

ジークはそちらへボートを向けた。近づいていってようやく、ジェンが遠くから見つけたものの正体《しょうたい》がわかった。たき火のあとだ。

「まだ少し煙《けむり》が出てるわ」とジェン。

ジークもうなずいた。「キャンプをするような場所じゃないのにな」

「ゆうべ家族づれがここでキャンプをしていたのかも。それとも高校生かもよ」

ジークがボートを浜《はま》に寄《よ》せると、ジェンがバケツを持ってとびおりた。ジェンは海水をバケツに入れては、たき火にかけた。そのうち煙《けむり》も出なくなった。

この入《い》り江《え》ではほかにはなにも見つからなかった。そこでヨットハーバーにもどることにした。その道中も、ジェンは海面に目をこらしていた。ポセイドン三角海域《かいいき》の中か近辺《きんぺん》になにか変《か》わったことはないか、観察《かんさつ》していたのだ。

港に入り、波が静《しず》かになったところで、ジークがとつぜん速度をゆるめた。ジェンはなにごとかとジークを見た。

「あのヨット……」ジークは港の中を指さしている。「あれだよ！　ゆうべポセイドン三角海域で見たのは！」

第四章　謎《なぞ》のファントム号

おどろいた。ジェンは湾《わん》の真ん中に停泊《ていはく》中の美しい船をじっと見つめた。デッキに人影《ひとかげ》はない。

「ほんとうに？」ジークにきいた。

「まちがいない」とジーク。「ヨットを見たとき、海面をイルカがとびはねるのを見た気がしたんだ。あの船首像《せんしゅぞう》を見てよ。ゆうべ、なにかへんだと気になっていたのは、あれだったんだ」ゆうべの光景《こうけい》を思い出しながら言った。

まるで船首からとび出すようなかっこうで、イルカの像が飾《かざ》られている。ジェンはすっかり見とれてしまった。青く塗《ぬ》られた優雅《ゆうが》なイルカたちの姿《すがた》が白い船体《せんたい》に映《は》え、とても立派《りっぱ》に見える。

「船首像《せんしゅぞう》のついている船なんか、見たことあったっけ？」ジークがきいた。

「はじめてよ」ジェンが答えた。

「そうだろ」とジーク。「だからだよ。船じゃなくてイルカの群《む》れだったような気がしたのは、そのせいだ」

ジェンはゆっくりと首を横にふった。「つじつまが合わないわ」

「どうして？」

「ゆうべ、この船はここにはなかった。もしジークがほんとうにゆうべ、この船をポセイドン三角海域《かいいき》で見たというのなら、ノース・スター号が帰港《きこう》するまえか、すぐあとにここに到着《とうちゃく》していたはず。ちがう？」

ジークはしかめっつらになった。「でもまちがいなく、あのイルカを見たんだ」

「ほんもののイルカの群れだったのかもしれないじゃない」とジェン。「そこまで目がいいわけじゃないでしょ」

ジークはなにも答えなかった。停泊《ていはく》中の船にゾディアックを近づけた。イルカの彫刻《ちょうこく》はまるでほんものみたいだった。ジェンの言うとおりかもしれない。ゆうべ見たのと同じイルカだと、勘《かん》ちがいしているのかもしれない。でもこの船の形を見たのはたしかだ。と、船の後部に船名がきれいに描《えが》かれているのが目に入った。おどろきのあまり、息が止まった。

ジェンも息をのんだ。その名前を見たのだ。

ファントム号、つまり幽霊船《ゆうれいせん》という意味だ。

二人は目を丸くして、顔を見あわせた。

「こんなことってある？」とジェン。声が自然《しぜん》と小さくなっている。

ジークはエンジンをかけて、ゴムボートをファントム号からはなし、桟橋《さんばし》へ向かった。あの船とはかかわりたくない、不意《ふい》にそう思ったのだ。気味が悪い。ゆうべ見たのは、イルカの群《む》れだったんだ。それで納得《なっとく》しよう。まもなくテストが始まる。今はそのテストに集中しなければならない。

ゾディアックを桟橋につなぎ、レンタル小屋で返却《へんきゃく》の手つづきをした。そしてクラブハウスの本館へと向かった。そこに着くまえにトミーがかけ寄《よ》ってきた。

息を切らしながら言う。「トロフィーが盗《ぬす》まれた！」

「トロフィーって？」ジークが歩きながらきいた。テストには遅《おく》れたくない。

「ミスティックが去年のレースで獲得《かくとく》したトロフィーだよ！」

ジークがぴたりと足を止めた。「ガラスのケースから？」

トミーは呼吸《こきゅう》をととのえながらうなずいた。

「だれがあんなものを？」とジェン。「家で飾《かざ》れるわけでもないのに」

三人はクラブハウスへと急いだ。空《から》になったガラスケースのまわりには小さな人だかりができていて、ティル船長がその中央《ちゅうおう》に立っていた。不安そうに白いひげをいじっている。

ジークが首を横にふった。「盗《ぬす》むなんて信《しん》じられない」そして腕《うで》時計を見た。うろうろしている場合ではない。遅刻《ちこく》したらセイバー船長に失格《しっかく》にされてしまう。「じゃ、テストが終わったらね」ジェンにそう告《つ》げた。

「がんばって」ジークの腕をきゅっとつかんで、ジェンは言った。ジークはふくれあがる人だかりの中へと消えていった。ジェンはもう一度、空になったガラスケースをながめた。と、群集《ぐんしゅう》の中に、ステイシーの姿《すがた》を見つけた。メモを片手《かたて》に、不審《ふしん》なことはなかったか、人々に取材《しゅざい》をしているのだ。

「鍵《かぎ》をかけておくべきだったんだよ」とトミー。

ジェンはそうは思わなかった。ミスティックはとても治安《ちあん》のいい町だ。鍵《かぎ》をかけていなくても、自転車は盗《ぬす》まれない。有名なトロフィーが盗まれるなんて、だれも想定《そうてい》していなかったはずだ。

人々のざわめきを超《こ》えて、ティル船長の声がひびきわたった。「なんて恥《はじ》さらしだ」どなるように声をあげた。「ヨット界の笑《わら》いものだ。われわれの目と鼻の先でトロフィーが盗まれるなんて！」

ジェンは不安な気持ちを払《はら》いのけようとしていた。奇妙《きみょう》なことばかりが起きている。ノース・スター号がらみの〝いたずら〟の数々、ゆうベジークが見たという正体不明《しょうたいふめい》のイルカ、桟橋《さんばし》でこそこそしていた背中《せなか》を丸めた人影《ひとかげ》。そしてこの事件《じけん》だ。

もの思いにふけっていると、ステイシーがペンでおなかをつついてきた。「なにか不審《ふしん》なものを見かけたりしませんでしたか？」

「いつ？」ジェンがききかえした。かくれ入《い》り江《え》で見たたき火のあとやファントム号は、ほかの人にも不審と見なされるのかしら。「どこで？」

ステイシーは目を丸くした。「ここに決まってるじゃない。犯人逮捕《はんにんたいほ》につながるようなものを目撃《もくげき》しなかった？」

「ううん」とジェン。「きのうの夜はまだきちんとケースに入っていたわよね。となると盗《ぬす》んだのは今日ね」

「それはわかってるわ」メモを読みかえしながらステイシーが言った。「これを、学校新聞にのせる記事にしなくちゃ。じゃ、あとでね」そう言うと手もふらずに行ってしまった。

ステイシーが立ち去るのをながめていると、別《べっ》のものがジェンの目にとまった。見慣《みな》れない人物が、人の群《む》れから少しはなれた、出口のガラス扉付近《とびらふきん》に立っているのだ。白髪《しらが》まじりの髪《かみ》がおでこにかかっている。背《せ》が低《ひく》い。いや、ちがう。人にさえぎられて、横にずれたところで気がついた。背が低いのではなく、背中が曲がっているのだ。

はっとした。ゆうべ桟橋《さんばし》にいた、ノース・スター号への侵入者《しんにゅうしゃ》だ。うずくまっていたわけではなかったのだ。おそらく背骨《せぼね》が曲がっているのだろう。見つめれば見つめるほど、知っている人物のような気がしてきた。もっとまえにどこかで会ったことがあるのかもしれない。

ジェンはトミーの横腹《よこばら》をこづいた。「すぐには見ないでね」口をあまり動かさないよう、話しかけた。「あそこに立っている人がいるでしょう」

トミーがくるっとふりむいた。「あの背中の曲がった人？　あの人がどうした？」

「見ないでって言ったのに！」ジェンがささやいた。

するとそつぜん、その人が見られていることに気づいてしまった。あわてて向きを変《か》えると、両開きの扉《とびら》から出て行ってしまった。

「あの人、まえに見たことない？」ジェンはトミーにきいた。首をのばして、まだあの人物の行方《ゆくえ》を追っていた。

「あるさ」とトミー。「ここ数日、このあたりでよく見かけるよ。早めに到着《とうちゃく》したヨットのクルーじゃないかな」

だったら、なぜノース・スター号のまわりでこそこそしていたのかしら？「ちょっと尾行《びこう》してみるわ」その人物の姿《すがた》が見えなくなるとジェンは言った。

「どうぞお好《す》きなように」トミーは片方《かたほう》の肩《かた》だけをすくめた。「ぼくは、なにか食べてくるとするよ」そう言い残《のこ》して食堂《しょくどう》へ向かった。

ジェンがあの背中《せなか》の曲がった人物を追って一歩踏《ふ》みだそうとしたとたん、だれかに腕《うで》をつかまれた。あわててふりむくとジークだった。真っ青な顔をしているので、鼻やほっぺたのそばかすが目立って見える。

「どうしたの？」ジェンは声をあげた。

ジークはなにも言わず、ただ、ヨットハーバーのロッカーにいつも入れている青いスポーツバッグをさしだした。ファスナーは閉《と》じてある。

どういうことか、よくわからない。「なに？」

「中を見て」せっぱつまった声でささやく。

キツネにつままれたような気分で、ジェンはバッグを受け取った。重い。ゆっくりとファスナーを開いた。「まさか！」

第五章　はめられた！

ジェンがおびえたように目を見開くのを、ジークはじっと見ていた。ジークのバッグの中には、行方《ゆくえ》不明の優勝《ゆうしょう》トロフィーが入っていたのだ。

「いったいどこにあったの？」声をひそめてジェンがきいた。そしてあわててファスナーを閉《し》めなおした。

「ぼくのロッカーの中さ。鍵《かぎ》をかけてあったロッカーだよ。だれかがぼくのスポーツバッグにしのびこませたんだ」

ジェンはバッグをジークに返した。「そのだれかさんは、ジークをこの選考《せんこう》レースから引きず

りおろそうとしているんだわ」

「ぼくもそう思う」悩《なや》みながら首をふった。「でもいったいだれ？」

「きっとリズよ」ジェンが即答《そくとう》した。もちろん人に聞かれないように声をひそめた。「あの人、自分が最高《さいこう》だと思っているから。自分がジュニアクルーの座《ざ》を勝ち取るんだって、大口《おおぐち》をたたいてるじゃない」

「まあね」とジークもうなずく。「でもクララは？　もの静《しず》かだけど、なにを考えているのかわからない」

「クリスはそんなことはしそうにないわ。ジークがジュニアクルーになるだろうって言ってるくらいだもの」

ジークはため息をついた。「まったく見当もつかないよ。それより、これをどうやって元の場所にもどせばいいんだろう？」自分のバッグをさしながらきいた。「ぼくの名前の書かれたタオルに包《つつ》まれて、ぼくのロッカーにかくされていたなんて、だれも信《しん》じてはくれないだろ？　セイバー船長にまちがいなく、選考《せんこう》からはずされちゃうよ」

ジェンは下くちびるをかんだ。そして周囲《しゅうい》を見まわし、だれも見ていないことを確認《かくにん》した。

「わたしがあずかるわ」と言う。「わたしがどうにかする。ジークはとにかくテストを受けて」

ジークはしぶしぶバッグをジェンにわたした。「これをどうするつもりなの？　ジェンには関《かん》係《けい》ないのに」

「心配しないで。なにか考えるから。ジークはテストを受けて、合格《ごうかく》すること。今、いちばん大事なのはそれよ。ほら、急いで。遅《おく》れるわよ」

ジークはためらっている。「ありがとう、ジェン」

ジェンは笑《わら》った。「気にしないで。これでわたしに大きな借《か》りを作ったわね」

ジークは急いで、クラブハウスの反対側《はんたいがわ》にある会議室《かいぎしつ》へと向かった。ほかのみんなはもう集まってすわっていた。

セイバー船長はジークをけわしい目つきで見て、時計を確認《かくにん》した。「ぎりぎり間《ま》に合ったね、ジーク。来てくれて安心したよ」

顔が赤くなるのを感じながら、ジークは鉛筆《えんぴつ》を取りだした。そしてテスト用紙が配られるのを静《しず》かに待った。

「制限《せいげん》時間は二時間」船長はそう宣言《せんげん》すると、正面のイスに腰《こし》かけた。ちょうど四人の受験者《じゅけんしゃ》たちを監視《かんし》できる位置《いち》だ。

ジークはテスト用紙におおいかぶさり、右上に自分の名前を記入した。それくらいはだれでもできる。

1　ジブ・シートとは？　どのようなときに使用するのか？

全体をざっと見たところ、どれもさほどむずかしくなさそうだ。気になっているのはそのことではない。「泥棒《どろぼう》だ！　泥棒だ！」という叫《さけ》び声が、廊下《ろうか》をへて会議《かいぎ》室《しつ》までひびいてくるのではないかと、ひやひやしていたのだ。金の優勝《ゆうしょう》トロフィーを盗《ぬす》んだ罪《つみ》でジェンが逮捕《たいほ》される様子を想像《そうぞう》してしまって、頭からはなれない。だれにもとがめられずに、どうやって元にもどすつもりなんだろう？　警察署《けいさつしょ》までジェンを引き取りにいくことになるビーおばさんは、いったいなんて言うだろう？　二人とも、一生外出禁止《きんし》と言われてしまう。でも、と思いなおした。ビーおばさんは理解《りかい》のない人ではない。話をすべて聞きもせずに、罰《ばつ》をあたえることはしないはずだ。そうは言っても、まえの晩《ばん》にきちんと鍵《かぎ》をかけておいたロッカーにだれかが金の優勝トロフィーをしのびこませたなんて、だれが信《しん》じてくれるだろうか。

ふたたびテスト用紙に目を落とした。まだひとつも答えていない。

いったいだれが、ぼくのロッカーにトロフィーを入れたんだろう？

ちらっと横のクララを見た。セイバー船長にカンニングしていると勘《かん》ちがいされないよう、気をつけた。テストに集中しているのか、クララはジークに見られていることすら気づかない。ジークは首をふった。こんなきたない手段《しゅだん》を使うようなタイプではない。

反対の方向にいるリズを見た。リズのほうは、まさに第一容疑者《ようぎしゃ》だ。これまで会った中で、もっともライバル意識《いしき》が強い。

最後《さいご》にクリスを見た。鉛筆《えんぴつ》の端《はし》をかみ、天井《てんじょう》を見あげている。

ジークはふたたびテスト用紙に視線《しせん》をもどした。それでも金の優勝《ゆうしょう》トロフィーのことが頭からはなれない。なぜこのような仕打ちを受けたのかは、わかっている。わからないのは、だれのしわざなのかだ！

ジークは消しゴムで机《つくえ》をとんとんとたたきながら、泥棒《どろぼう》が優勝トロフィーを盗《ぬす》み、ロッカールームにしのびこむところを想像《そうぞう》してみた……

と、ぴんと背《せ》すじをのばした。そうだ！　ついにわかったぞ。ジークを脱落《だつらく》させようと、ずっと〝いたずら〟をしかけていたのがだれか、スポーツバッグの中に優勝《ゆうしょう》トロフィーをしのびこませたのがだれか。今はどうすることもできないが、犯人《はんにん》を突《つ》き止めただけでも気持ちがらくになった。

トロフィーが飾《かざ》られていたケースのあたりで、さわぎが起こっている様子はない。ようやく気持ちが落ち着いてきた。これで集中できる。ジークは解答《かいとう》を書きはじめた。そして二時間後、セイバー船長から「そこまで」という声がかかるまで、ジークの手は止まることがなかった。

ジェンは右手に、ジークの大きくふくらんだスポーツバッグをしっかりつかんで、クラブハウスの中を歩いていった。中身をさとられたりしないだろうか。大きな優勝トロフィーはバッグの中にかくされていても、姿形《すがたかたち》が見えているような気がする。ジェンは警戒《けいかい》しながら、トミーをさがした。だれにも見つからず、だれからも泥棒の容疑をかけられることなく、トロフィーを元の場所にもどすためには、トミーの助けが必要《ひつよう》だ。

「ここだと思った」食堂《しょくどう》にあるアイスクリーム販売機《はんばいき》の横で、トミーを見つけた。自分で特大《とくだい》のソフトクリームを作り、その上にチョコスプレーのトッピングをしたところだった。

「ひと口どう？」トミーがソフトクリームをさしだした。

ジェンは首をふった。「それより手伝《てつだ》ってほしいの」

「喜んで。すぐに食べおわるから」そう言うと、トミーはソフトクリームのてっぺんを大きくなめ取った。

「今すぐたのみたいの」ジェンはトミーに体を近づけて言った。そして他人には聞こえないように、なにが起こったか説明《せつめい》した。

「なんで盗《ぬす》んだりしたんだ？」ジェンの話を聞いたトミーがきいた。

「だれが？」

「ジークだろ」

ジェンはぐっと歯をくいしばった。「トロフィーを盗んだのはジークじゃないわよ」

「でも、ジークのバッグの中にあったって言ったじゃないか」トミーは食べかけのソフトクリームを、ジェンがまだつかんでいるバッグに向けた。

「だれかが入れたのよ。トミーのところに、だれかが練習中止の連絡《れんらく》をしたみたいにね」

「そうか」トミーもようやく理解《りかい》できたようだ。そしてきびしい目つきになって言った。「リズに決まってるさ」

「今はそんなことを考えているひまはないわ」とジェン。「この中身をどうにかしたいの。できるだけ早く。ちょっと考えたの、聞いて」

ジェンが自分の考えた計画を話しおえると、トミーがにやりとした。「それならできそうだ」

「たのんだからね」ジェンは真剣《しんけん》に言った。「十五まで数えたらスタートよ」トミーがうなずくのを確認《かくにん》して、ジェンはメイン・ロビーへもどった。ゆっくりと十五まで数えながら。

ジェンが空《から》になっているガラスケースの近くまできたところで、とつぜん廊下《ろうか》の先で悲鳴が聞こえた。

「うわっ！　ネズミだ！」トミーが叫《さけ》んでいる。「でかいし、きたない！」

ガラスケースの近くに残《のこ》っていた人たちが、あわてて食堂《しょくどう》に向かった。

トミーはまだ叫んでいる。そのうちいくつもの大声がそこに加《くわ》わった。

「どこ行った？」

「やめて！　ネズミは嫌《きら》いなのよ！」

「たった今、そっちに行った！」

「ゲッ！」

「気持ちわる！」

ジェンは緊張《きんちょう》しながらも思わずほほえんでしまった。さすがトミーだ。

ロビーから人が完全《かんぜん》にいなくなるのを待って、ジェンは急いでスポーツバッグを開けた。途中《とちゅう》まで開けたところで、ファスナーにほつれた糸がからまってしまった。ジェンはパニックになり、力まかせにぐいぐいひっぱった。そのうちネズミなどいなくて、トミーがふざけていただけだということがばれてしまう。そうすると人がもどってくる。

ようやくファスナーが開いた。ジェンは急いで白いタオルをどけると、大きな金色の優勝《ゆうしょう》トロフィーの取《と》っ手《て》をにぎった。そしてそれを持ちあげてケースの中段《ちゅうだん》に置《お》き、慎重《しんちょう》にガラスの扉《とびら》を閉《し》めた。ジークのタオルを腕《うで》にかけたまま、空《から》になったスポーツバッグを肩《かた》にかつぐと、ほっと大きなため息をついた。ところがほっとしたのもつかの間《ま》、きらきらとかがやくトロフィーの表面に指紋《しもん》がついていることに気づいたのだ。自分の指紋もふくまれている！　もし警察《けいさつ》が指紋を調べたら……

ロビーを見まわし、まだ人がいないことを確認《かくにん》すると、ケースの扉《とびら》を開けて、ジークのタオルで表面の指紋《しもん》をふき取った。ふたたび扉を閉《と》じる。これで安心だ。

ところが次の瞬間《しゅんかん》、力強く肩《かた》をつかまれた。

ジェンはとびあがった。

「なにをしているの?」女の人がきびしい口調《くちょう》で言った。

第六章　ファントム号の船長

　ジェンはふりかえった。心臓《しんぞう》がどきどき鳴っている。目のまえにいたのはがっちりした体格《たいかく》の女の人だ。薄茶色《うすちゃいろ》の髪《かみ》をうしろで束《たば》ね、黒いプラスチック・フレームのサングラスを頭のてっぺんに押《お》しあげて、ジェンのことをにらんでいる。鼻には黄色い日焼《ひや》け止めクリームが塗《ぬ》ってあるが、顔全体は日焼けして、しわも多かった。

「いったいなにをやっているの？」とつめ寄《よ》られる。

「あ、あのー」ジェンは口ごもった。「トロフィーをみがいていたんです」

　女の人は疑《うたが》い深い目でタオルを見た。「それ、行方《ゆくえ》不明だったトロフィーじゃないの？」

「そうですよね」ジェンはロビーを見まわし、トミーをさがした。食堂《しょくどう》からちらほらと人が出てくる。ネズミが出たという迷惑《めいわく》な冗談《じょうだん》について口々に文句《もんく》を言っている。「でも見つかったんですね。よかった！」がんばって笑顔《えがお》を作った。

女の人の表情《ひょうじょう》がやわらいだ。「ほんとうね、よかったわ」ホッとした声だ。「無事《ぶじ》に見つかってうれしいわ」

ジェンはその女の人をしげしげと見つめた。ミスティックの人ではないのはたしかだ。でもよその人がどうして、トロフィーのことをそんなにも心配していたんだろう？

「ティル船長もこれで、ケースに鍵《かぎ》をつける気になるでしょうね」かすれ声でその人がつづける。

「ティル船長をご存《ぞん》じなんですか？」クラブハウスの玄関《げんかん》に向かいながら、ジェンはたずねた。優勝《ゆうしょう》トロフィーがもどっているのが発見される場には、いあわせたくない。質問攻《しつもんぜ》めにあうのが目に見えているからだ。

その女の人はにっこりと笑《わら》って、歩きながら右手をさしだした。「サリー・ショーです。ファントム号の船長なのよ」

ジェンは足を止め、息をのんだ。「ファントム号の？」失礼《しつれい》な反応《はんのう》をしたと気づいて、ジェン

ピーター・キング／武藤崇恵訳
［24日発売］

HM301-2

チェイシング・リリー

欲望空間の悪夢を描くサスペンス

マイクル・コナリー／古沢嘉通・三角和代訳

ネットに流れ出た女のみだらな肢体。男は女の魔力の虜となり、事件に巻き込まれてゆく。

定価945円
［24日発売］

JA875

ネオ・アズマニア3 ぱるぷちゃんの大冒険

ハヤカワコミック文庫――美少女とマッド・サイエンティスト！

吾妻ひでお

科学法則を無視して縦横無尽に宇宙を駆け巡る、美女と変なもの？仰天スペオペ作品集

定価651円
［10日発売］

演劇文庫

［24日発売］

5

ニール・サイモンII

「サンシャイン・ボーイズ」

推薦／三谷幸喜　解説／酒井洋子　酒井洋子訳

定価714円

ショー・ビズ界の名コンビ、復活なるか。男の意地の張り合いを笑いと哀感をこめて描く

6

テネシー・ウィリアムズ

「しらみとり夫人」「財産没収」ほか

推薦／清水邦夫　解説／一ノ瀬和夫　鳴海四郎・倉橋 健訳

定価861円

人生の影を背負いながら光に向かい、現実と理想の狭間で悩む人々の孤独を描く傑作集

早川書房の最新刊

●表示の価格は税込定価です。
●発売日は地域によって変わる場合があります。

1
2007

ひつじファン必読！　むくむく可愛いひつじ小説

ひつじ探偵団

レオニー・スヴァン／小津薫訳

つぶらな瞳、ふわふわの毛、そして天才的な推理力。見るものを虜にするカリスマひつじのメイプルが、仲間のひつじとともに難事件に挑む。ドイツでベストセラーとなったとってもキュートな物語。

四六判上製　定価1785円［24日発売］

全米ランキング第1位、世界中で絶賛！　現代ファンタジイの最高峰

〈氷と炎の歌3〉

剣嵐の大地 3

ジョージ・R・R・マーティン／岡部宏之訳

スターク勢による償いのための双子城訪問は惨劇に終わった。そして今や敵なしの少年王の結婚を祝い、都では豪奢な宴が始まる――シリーズ前半の結びにふさわしい、興奮の大群像劇

四六判上製　定価2940円［10日発売］

●ハヤカワ・ミステリ最新刊

既刊1695点

イングランド北部の村イルスウェイト。

はあわてて手をさしだし、ショー船長と握手《あくしゅ》をした。マメやたこだらけの、ごつごつした手だった。そのまま扉《とびら》を押《お》し開け、二人は外に出た。ショー船長は頭にのせていたサングラスをかけた。

「わたしのヨットを知ってるの？」うれしそうな声だ。

「もちろん」ジェンは元気よく答えた。「今日、到着《とうちゃく》されたんですよね？」

「ええ、まあそうね」とショー船長。

「湾《わん》の中に停泊《ていはく》してるんですね。どうしてほかのヨットみたいに、桟橋《さんばし》につながないんですか？　場所ならいくらでもあるのに」まだ閑散《かんさん》とした桟橋のほうを見やりながら、ジェンはきいた。

船長は肩《かた》をすくめた。「ごちゃごちゃしていないほうが好《す》きなだけよ」クラブハウスや桟橋、駐車場《ちゅうしゃじょう》のあたりをあわただしく行き来する、大勢《おおぜい》の船乗りをひとりひとりチェックしているようだ。もっとも確信《かくしん》は持てない。なにしろ色の濃《こ》いサングラスで、目がかくれているのだから。

とっさに思いついて、ジェンがきいた。「きれいなヨットですね。中を見たいんですが、乗せてもらえませんか？」

ショー船長は首をふった。「ごめんなさいね。クルーしか乗船できないことになっているの。わかってもらえるかしら」

「はい」気落ちしているとさとられないよう、さっと答えた。

ショー船長はにこっとほほえんで敬礼《けいれい》をすると、急いでその場を立ち去った。人ごみにまぎれて見えなくなるまで、ジェンは船長の姿《すがた》を目で追いかけた。ちらっとでも見せてもらえないなんて、ファントム号のなにがそんなに特別《とくべつ》なんだろう。船長はなにかをかくそうとしているの？

そんなことを考えながら、ぼんやりと桟橋《さんばし》のほうへと近づいていった。ヨットに乗るのは好《す》きではないが、ヨットが優雅《ゆうが》にならんでいる風景《ふうけい》には見とれてしまう。

大きな声が聞こえた。係留《けいりゅう》中のヨットが波にゆられて上下する様子に見入っていたジェンは、その声でわれに返った。左手の第一桟橋の端《はし》に、リーガル・ウィンド号のクルー、セイラム・ディッキーがいた。ニューポートで開催《かいさい》された昨年《さくねん》のレースにも参加《さんか》していた、とても感じの悪い青年《せいねん》だ。昨年のレースでは、このセイラムのミスで――もっとも本人は〝悪ふざけ〟だったと言っているが――ヨットが一艘《そう》あやうく火事になるところだった。しかもクルー仲間《なかま》のひとりがおぼれそうになったのだ。ここ数日、セイラムを見かけてはいたが、できるだけ避《さ》けてきた。

リーガル・ウィンド号のまわりの人だかりが消えると、ジェンは思わずうめき声をあげた。ステイシーがいたからだ。セイラムが言ったことをメモ帳《ちょう》に書き記している。ジェンはあわててかけつけた。ところがジェンがなにか言うまえに、セイラムは声をいちだんとはりあげて言った。「そうさ。今年はおれのこの彼女《かのじょ》が優勝《ゆうしょう》さ」と、リーガル・ウィンド号の紺色《こんいろ》の船体を軽くたたいた。「もちろんおれが助けてやればだけど」そうつけ加《くわ》えると、わざとらしくステイシーにウィンクした。

ジェンは言葉をぐっとのみこんだ。そして親友の腕《うで》をひっぱり、桟橋《さんばし》から連《つ》れもどした。「あんなやつの話を聞くなんて時間のむだよ」

「どうして?」取材《しゅざい》メモをショートパンツのうしろポケットにしまいながら、ステイシーがきいた。「学校新聞の記事にしようと思ったのに」

「だって、あいつ、自慢《じまん》話ばっかりしてるじゃない」とジェン。「それより、もっとすごいニュースがあるの」ステイシーの目がきらりと光ったのを見て、すかさずつづけた。「でも学校新聞にはのせちゃだめよ」そう前置《まえお》きしてから、ジークが鍵《かぎ》のかかったロッカーの中に優勝トロフィーを見つけたこと、ジェンがトミーに助けてもらって元の場所にもどしたことを話した。

「すごい」とステイシー。「ほんとうに学校新聞にのせちゃいけないの?」

ジェンはまゆをつりあげ、友人の顔をにらんだ。

ステイシーは両手をあげて降参《こうさん》のしぐさを見せた。「わかった、わかった。それでトミーはどこにいるの？」

ジェンはあたりを見まわしながら、罪悪感《ざいあくかん》で胸《むね》がちくりと痛《いた》んだ。トミーの姿《すがた》が見えない。

「わからない。でもだいじょうぶよね？」

「ネズミさわぎを起こした罰《ばつ》として、ティル船長に軍艦内監禁室《ぐんかんないかんきんしつ》に放りこまれていなければね」

ステイシーは船乗りの言葉で言った。

「ええっ。そんなの困《こま》る」

ステイシーが笑《わら》った。「冗談《じょうだん》よ」

ジェンは笑顔《えがお》を見せたが、トミーのことが心配でならない。トミーはジェンとジークのために動いてくれたのだ。そのせいでやっかいなことになっていなければいいけど。

「トロフィーを元の場所にもどすところをだれにも目撃《もくげき》されなかっただけでも、よしとしなきゃ」ヨットハーバーの中を歩きながら、ステイシーが言った。

ジェンは足を止め、ステイシーの腕《うで》に手を置《お》いた。「実《じつ》は見つかっちゃったの！　でもへんなのよ。わたしがトロフィーを元の場所にもどした直後に、ファントム号の船長がうしろからこっそりと近づいてきたの。でもだからって、とがめられたりはしなかった」

「ファントム号ってなに？」

ジェンはヨットハーバーの全景《ぜんけい》がよく見える場所へ、ステイシーを連《つ》れていった。「ほら、あそこ」湾《わん》に停泊《ていはく》している船を指さした。イルカが数頭とびはねている船首像《せんしゅぞう》がついた船だ。「見える？」ステイシーがうなずくのを待ってつづけた。「ゆうべジークがポセイドン三角海域《かいいき》で見たような気がした船と、そっくりなんだって！」

「あの船首像、かっこいいね」ステイシーが言った。手をかざして、太陽をさえぎっている。

「近くで見るともっときれいなんだから。船内を見てみたかったのに、船長がだめだって。ぜったいにだめ、なにがあってもだめ、って感じだったの。どうしてショー船長は、そこまであの船を秘密《ひみつ》にしたいんだろう」

ステイシーはにやっと笑《わら》った。そして声を低《ひく》くし、わざとかすれた声で言った。「もしかしたら、あの船はほんとに幽霊船《ゆうれいせん》なのかもよ」

それを聞いて背中《せなか》がぞくっとした。ありえないことだ。でもなぜか、ジェンもステイシーとまったく同じことを考えていたのだ。

第七章　不可解《ふかかい》な六人

「ファントム号をもっとよく見てみたいな」歩きながらジェンが言った。「ゾディアックを借《か》りようよ。操縦《そうじゅう》できるでしょ？」

「もちろん」とステイシー。「でもなにをさがしにいくの？」

ジェンはくちびるをかんだ。「自分でもよくわからない」と白状《はくじょう》した。「でも、なにかあやしいような気がして」

「お好《す》きにどうぞ」ステイシーはレンタル小屋へと向かった。会員であれば、小型《こがた》ヨットのサンフィッシュ、カヤック、船外機《せんがいき》つきゴムボートのゾディアックや、その他の装備《そうび》を借りることができる。

「ファントム号を調べおわったら、入《い》り江《え》にも行こうよ」ジェンが提案《ていあん》した。

ステイシーは手をふって、ジェンの言葉をさえぎった。第三桟橋《さんばし》に係留《けいりゅう》されている大きなヨットを指さしている。「あんなに美しい船、はじめて見たわ」

ジェンもうなずくしかない。ラカッサ号は全長十八メートルの、二本マストのヨットだ。ヨットのことはくわしくないが、このヨットがすばらしいものだということはわかる。しゃれていて優雅《ゆうが》なだけではない。数週間まえにはじめてミスティック湾《わん》に入港してきたときから、ジークはこのヨットのことばかり話していた。

「なかなかきれいだろう」すぐうしろから声がした。

だれかと思い、ジェンはふりかえった。ラカッサ号の船長、ジョーだとすぐにわかった。まえに見かけたときに、だれなのかジークが教えてくれたのだ。しかもはげあがった頭に、派手《はで》な花《はな》柄《がら》のアロハシャツとくれば、見まちがえるはずもない。

「ええ、この中でいちばんすてきな船ですよね」とジェンもあいづちを打つ。

「中を案内《あんない》しようか?」船長が声をかけてくれた。

「ぜひお願《ねが》いします」とステイシー。柵《さく》のゲートを通って、デッキにぴょんととび移《うつ》った。ジェンがすぐあとにつづく。

船長はさっと船にとび乗ると、言った。「この立派《りっぱ》な船はチーク材《ざい》でできているんだ。はげしい嵐《あらし》にも耐《た》えられるくらい頑丈《がんじょう》なんだよ。最近《さいきん》ではもう、こういう作りかたはしなくなった」声が誇《ほこ》らしげだ。

「レースには参戦《さんせん》されるんですか？」ジェンがきいた。

船長は笑《わら》った。「まさか。この愛《いと》おしい船は、小さくてちょこまかしたやつらとはりあうには、大きすぎるし重すぎる」

「たしかにかなり大きく見えますね」ジェンは言った。栈橋《さんばし》に係留《けいりゅう》されているほかのヨットと見くらべる。

「それに重い。すべての家具とデッキの木材《もくざい》の半分を船外に捨《す》てたとしても、ラカッサ号の重さでは、このレースには参戦しても勝てない。船は軽いほうが速く進むからね」

「体重オーバーなくらい太ってても、美しいことには変《か》わりはないわ」ステイシーがにっとほほえみながら言った。

「上からながめてみるかい？」船長が、二本あるマストの高いほうのてっぺんを指さしながらきいた。

ステイシーは首をふった。「あ、いえ、けっこうです。高いところは苦手《にがて》なので」

船長は肩《かた》をすくめた。「じゃあ、船内に入って船室を案内《あんない》しよう」二人を引きつれて短い階段《かいだん》をおりると、ラウンジと、食事の準備《じゅんび》をするせまい調理室《ちょうりしつ》へと案内した。さらに別《べっ》の階段をおりていく。「これが船室。四人部屋《べや》だ。もうひとつの船室もこれと同じだ」

ジェンはきゅうくつそうな部屋の中をのぞいてみた。ふたつある二段ベッドはせまく見える上に、側面《そくめん》に柵《さく》がとりつけてある。小さな舷窓《げんそう》が開いている。気持ちのよい、潮《しお》のかおりのする風が入りこんでくる。

次に二人が案内されたのはバスルーム。塩水《しおみず》を真水《まみず》に変《か》える機械《きかい》がエンジンルームにあるとはいえ、真水は大事に使わなければいけないことを説明《せつめい》してくれた。

「そしてここが主寝室《しゅしんしつ》」せまい通路の端《はし》にある両開きの扉《とびら》をいきおいよく開いて、船長が言った。

ジェンもステイシーもおどろきのあまり、声を失《うしな》った。灯台《とうだい》のジェンの寝室くらいの広さがありそうだ！　壁《かべ》ぎわには大きなベッド。いくつかある舷窓からは自然光《しぜんこう》がさしこんでいる。コーヒーテーブルのまわりに、ソファとひじかけイスが二脚《きゃく》。ドアのむこうにはバスルームが見えており、なんとそこにはジャクジー風呂《ぶろ》まであるのだ！

「すごーい」ステイシーが感激《かんげき》している。「ここに泊《と》まれるのなら、この船で航海《こうかい》に出てみたい！」

船長は笑《わら》っている。「残念《ざんねん》ながらここはオーナーの部屋《へや》でね。それでさいわいなことに、わたしがそのオーナーなんだよ！」

まだ笑いながら、船長は二人をデッキへと案内《あんない》した。手すりをポンポンとたたいて言う。「この愛《いと》しい船で、南は南米のホーン岬《みさき》、東はギリシャの島々、西はハワイ、そして北はここメイン州《しゅう》ミスティックまで、航海してきたんだ！」

「そしてここミスティックが、これまでおとずれた中で最高《さいこう》でしょう？」満面《まんめん》の笑顔《えがお》でステイシーが言った。

「そのとおりさ」

ジェンは手すりに手をすべらせた。なめらかで、あたたかかった。たたいてみたら、じょうぶな木らしく、鈍《にぶ》い音がした。

「中を案内《あんない》してくださって、ありがとうございました」桟橋《さんばし》にとび移《うつ》りながらステイシーがお礼を言った。

「ほんとにきれいな船ですね」ジェンも船長に手をそえてもらい、ステイシーにつづいて桟橋におりた。

「どういたしまして。いつでもおいで」船長は言った。

ジェンとステイシーは手をふり、レンタル小屋へと向かった。そこでゾディアックと救命胴衣《きゅうめいどうい》を借《か》りた。さいわい、ステイシーが操作方法《そうさほうほう》を知っている。ジェンはゴムボートのまえのほうにすわり、ロープをしっかりとつかんだ。ジークと乗るときもいつもこうしている。

ステイシーは慣《な》れた様子で、ファントム号のほうへと舵《かじ》を取った。「ラカッサ号もきれいだけど、あれも同じくらいきれいな船よね」エンジン音に負けまいと声をはりあげている。

「大きさはぜんぜんちがうけどね」ジェンが答えた。デッキの上でなにかが動いている。風が顔にあたるので目を細めながら、船の端《はし》から端までゆっくりと見わたした。信《しん》じられなかった。

ジェンは手をふって、ステイシーにスピードを落とすよう合図した。エンジン音が静《しず》かになったところで声をかけた。「人が乗っているの、見える？」

ステイシーはじっと見てから答えた。「見えるけど、それがどうしたの?」

ジェンはくちびるをすぼめた。「六人も乗ってるでしょ。しかも、その中にショー船長はいないのよ」

「どういう意味?」ステイシーが肩《かた》をすくめ、たずねた。

「レース時のクルーは、船長をふくめて五人までと決まってるの。あの残《のこ》りの人たちは、いったい何者?」

「友だちとか?」

ジェンは首を横にふった。「ちがうと思う。ショー船長は、クルーしか船に乗せないと言ってたもの」

ステイシーがエンジンの回転速度をあげた。「あやしまれるまえに入り江《いりえ》に向かおう。ミスティック・チームのスパイだと勘《かん》ちがいされて、ノース・スター号を失格処分《しっかくしょぶん》にされちゃうかも」

ジェンもうなずいた。ところが、ゾディアックの針路《しんろ》を南に向けたところで、見おぼえのある背中《せなか》を丸めた男の人の姿《すがた》が、目に入った。マストの横に立っている。もっとよく見ようと首をのばしたが、視界《しかい》から消えてしまった。ゆうべジークと見かけた、桟橋《さんばし》でなにやらこそこそしていた人と同一人物だろうか。ファントム号でなにをしていたんだろう？　クルーではないはずでしょ？

「おーい、船乗りさんたち！」入《い》り江《え》へ向かおうと速度をあげたところで、声が聞こえた。

ジェンが左の方向を見ると、おどろいたことにサリー・ショー船長が小型《こがた》のゾディアックに乗り、二人を猛《もう》スピードで追いかけてきていた。船長は速度を落とすよう、身ぶり手ぶりで二人に指示《しじ》した。ジェンとステイシーは顔を見あわせ、肩《かた》をすくめた。船長の話も聞いてみようか。なんだかんだ言っても、ファントム号に招待《しょうたい》してくれる気になったのかもしれない。

「今聞いたところによると、この北で嵐《あらし》が起きているらしいわよ」ショー船長が声をかけた。「外海に出るのは危険《きけん》よ。もどったほうがいいわ」

ジェンは身ぶるいした。嵐のど真ん中で、ちっぽけなボートに乗っているなんていうのだけは避《さ》けたい。ぜったいにいやだ。空はすっきりと晴れわたっているが、大西洋沿岸《えんがん》では一瞬《いっしゅん》のあいだに天候《てんこう》が急変《きゅうへん》することもあるのだ。

「もどろう」ジェンがステイシーに言った。

ステイシーがゾディアックをぐいっと百八十度回転させた。ショー船長も同じ操作《そうさ》をした。二艘《そう》がヨットハーバーに向かって動きだすまえに、ステイシーが船長に言った。「ファントム号ってきれいな船ですね。あの船首像《せんしゅぞう》がすてき」

ショー船長はうなずき、笑顔《えがお》を見せた。

「中を見せてもらえませんか？」ステイシーがつづけた。

ショー船長の笑顔がかたくなったように見えた。

「わたし、学校新聞の記者なんです。このレースについての記事を担当《たんとう》していて、ヨットを何艘か紹介《しょうかい》しようと思ってるんです」

「ごめんなさいね。それはちょっとできないわ」と船長。サングラスの鼻の位置《いち》をなおしている。

「クルーしか乗せないことにしているの。わかってもらえるわよね。このレースにはかなりの賞《しょう》金《きん》がかかっているから」

「たしかにそうですね」とステイシー。

ジェンにはわかっていた。ステイシーが船長に食《く》いさがっているのは、学校新聞のためだけではなく、ジェンがこの船のことをもっと見たがっているからだ。うまくいかなくても、ジェンは心の中でステイシーに感謝《かんしゃ》していた。どういうわけか、ショー船長はファントム号に人を近づけまいとしている。つい先ほど船の上で見かけた、あの不可解《ふかかい》な六人をのぞいては。

「さっき、クルーが乗船しているところを見ました」ジェンが大声で言った。「そういえば、一チーム何名でしたっけ？」

「一艘《そう》につき五人よ」ショー船長が答えた。「わたしと、わたし以外《いがい》にあと四人」

ジェンは六人が乗船していたことを口に出すまいと、くちびるをかんだ。さいわいなことにステイシーもだまっていてくれた。なにも話さず、ステイシーはエンジンの回転速度を急にあげた。ゾディアックはぐんとまえにとびだした。ジェンはひっくりかえりそうになって、あわててロープにつかまった。

まるで嵐《あらし》がすぐそこまで接近《せっきん》しているかのように、ボートはゆれた。それでも空は晴れわたったままだ。桟橋《さんばし》が近づき、ジェンもようやくほっとした。しかしそれも一瞬《いっしゅん》で消えた。ノース・スター号が係留《けいりゅう》されている桟橋の上で、ジークがトミーや、クルーの座《ざ》を争《あらそ》っているほかの子どもたちに囲《かこ》まれている。ピンときた。ジークがまずいことになっている。

第八章　犯人判明《はんにんはんめい》？

ジークはこぶしをにぎりしめた。「ぼくじゃない」とうったえる。

リズが疑《うたが》い深い目でジークを見た。薄《うす》ら笑《わら》いを浮《う》かべ、腕組《うでぐ》みをしている。

「ゆうべ、救命胴衣《きゅうめいどうい》を片《かた》づけたのはジークだったわよね。それが今はなくなっている。ほかにだれができる？」

「わからない」とジーク。ジェンとステイシーがかけつけたことにも、ほとんど気づかなかった。自分以外《いがい》で唯一《ゆいいつ》の男の子のクルーのほうを向きなおる。「きみがなにか知っているなら話は別《べつ》だけど。ねえ、クリス？」

クリスが目を大きく見開いた。「ぼくが？　まさか――」

「クリス」ジークがさえぎった。「きみがたくらんだことだろう」

「その証拠《しょうこ》は？」クリスが怒《おこ》った口調《くちょう》でききかえす。

ジークは首をふった。こんなことはしたくはない。でも真犯人《しんはんにん》に立ち向かわないと、これまで起きたすべての〝いたずら〟の責任《せきにん》を負《お》わされ、おそらくクルーを失格《しっかく》になってしまう。

「どうしてクリスだってわかるの？」トミーが一歩まえに出て、きいた。

ジークはそちらを向いた。「金の優勝《ゆうしょう》トロフィーを盗《ぬす》み、ぼくのロッカーにしのびこませて罪《つみ》をなすりつけるなんてことをだれがするのか、最初《さいしょ》は見当もつかなかった」

リズとクララが同時に息をのんだ。

「ずっと優勝トロフィーを持ってたの？」とクララ。いつものやさしい声が、怒《いか》りに満《み》ちている。

「まさか！」ジークは叫《さけ》んだ。イライラして髪《かみ》の毛を手ですいた。「でもそうなのかな。自分でも気づかなかったんだ。だれかがぼくのロッカーにしのびこませておいたんだ」そしてもう一度クリスのほうを向いた。「きみだろう」

クリスは口を開いたが、声は出なかった。

「男子ロッカールームで、ぼくのロッカーにトロフィーを入れることができるのは、きみだけだ。レースが近づき、なにかとバタバタしているときに、女の子がだれにも気づかれずに男子ロッカールームにしのびこむなんて不可能《ふかのう》だ。それにやたらと、ぼくのまわりをうろついていたじゃないか。ぼくの肩《かた》ごしに鍵《かぎ》の番号を盗《ぬす》み見たんだろう」

「そんな！」クリスは声をあげ、一歩うしろにさがった。「そうじゃない。ぼく――ぼくは……」ジークがじっとにらんでいると、声が次第《しだい》に小さくなった。クリスはうつむいて、自分の青いボートシューズの下にある木の床《ゆか》をじっと見つめた。「きみの言うとおりさ」消え入《い》るような声で言う。「ぼくがやったんだ」

「トミーににせの電話をかけ、ぼくのリュックからメモを盗み、ロープを海水に浸《ひた》した上でほどけないようにからまらせ、そして救命胴衣《きゅうめいどうい》を――」

「ちがう！」クリスが叫《さけ》んだ。「たしかにトミーに電話をした、メモを勝手に取った。そうすればきみは勉強できないし、ぼくはリズやクララよりもいい点が取れると思ったんだ。万が一テストで最高点《さいこうてん》が取れなかったときのために、トロフィーを盗んだ。でもロープを結《むす》んでほどけなくしたり、救命胴衣をかくしたりはしていない。信《しん》じて、お願《ねが》い」

リズがあきれて鼻を鳴らした。「冗談《じょうだん》じゃないわ。よくもやってくれたわね。みんなはわたしを疑《うたが》っていたのよ。それが全部あんただったなんて！」

クララはわきにつっ立ったままだ。めがねの奥《おく》で目を大きく見開いている。

ジークはなにも言わない。クリスはうそをついているようには見えない。でもこれだけの悪事を認《みと》めたばかりだ。そう簡単《かんたん》に信《しん》じることはできない。

そのとき、緑色の日焼《ひや》け止めクリームを塗《ぬ》った鼻に、色の濃《こ》いサングラスをちょこんとのせた女の人が、近づいてきた。「どうしたの？」かさかさのおでこにしわを寄《よ》せながら、するどい口《く》調《ちょう》でたずねた。

「ああ、ショー船長」とジェン。そしてジークをちらりと見ると、「ファントム号の船長さんよ」と説明《せつめい》した。

ジークはその女の人をじっくりと観察《かんさつ》した。どう見てもふつうの人だ。不吉《ふきつ》な感じもしないし、幽霊《ゆうれい》のようにも見えない。「こんにちは」ジークは言った。「救命胴衣《きゅうめいどうい》がいくつか行方《ゆくえ》不明で、どこにいってしまったのか解明《かいめい》しようとしているだけです」

ショー船長が顔をしかめた。「盗《ぬす》まれたってこと？」

「ここにあったわ！」リズがノース・スター号のデッキから叫《さけ》んだ。「ちがう場所にしまいこまれていたみたい」

ジークはパッとクリスを見た。でもクリスもみんなと同じようにおどろいた顔をしている。

「よかったわ」とショー船長。ウィンドブレーカーのポケットから日焼《ひや》け止めを取り出すと、緑色のべとべとしたものをさらに鼻に塗《ぬ》りつけた。「トラブルはごめんですものね」

「これからはもうだいじょうぶだと思います」とジーク。

「それはなによりね」それだけ言うと、ショー船長は急いで自分のゾディアックへと向かった。

「あの人が心配するようなことでもないのに」ジェンが思わず声に出した。

「親切にしたかっただけだろう」とジーク。「それに、いくらライバルとはいえ、みんなヨットマンであることに変《か》わりはないからね」

ジェンが笑《わら》った。「まるで表彰式《ひょうしょうしき》でスピーチしているみたい」

「そのスピーチをしてもらおうじゃないか」セイバー船長が歩《あゆ》み寄《よ》りながら、高《たか》らかに発表した。書類《しょるい》を何枚《まい》も持ってひらひらさせている。「ジーク、きみがクルーに選《えら》ばれたよ。テストは最高《さいこう》点《てん》だし、技術《ぎじゅつ》もピカ一だ」

「やったぜ、ジーク！」トミーが大喜びで、ジークの肩《かた》をポンポンたたいた。「クリスがやったことを船長に報告《ほうこく》しなきゃ」とジーク。「トミー、もう一回チャンスをもらうべきだよ」

トミーは首をふった。「もういいよ。ジークとちがって、最高点《さいこうてん》なんて取れなかっただろうし」

「クリスがどうかしたのかね？」セイバー船長がたずねた。ひとりひとりの顔を見て、答えを待っている。

クリスがようやく白状《はくじょう》した。「全部お話しします」

みんなはクリスと船長を二人きりにすることにした。

「クルーに選《えら》ばれると思ってたわ！」ジークとならんで歩きながらジェンが言った。「救命胴衣《きゅうめいどうい》をかくしたのも、ロープをもつれさせたのもクリスだと思う？」

「ちがうと言ってたけど、ほかに動機《どうき》のある人はいないだろう？」二人はこれまで、いくつもの事件《じけん》を解決《かいけつ》してきた。だれかが悪事をはたらく場合には、なんらかの理由、つまり動機があるものだということは、知っている。

ジェンが首をふった。「でも、いくつかは正直《しょうじき》に白状《はくじょう》したのに、いくつかではうそをつきつづけるのはなぜ？」

ジェンがしゃべりつづけるのを、ジークは上《うわ》の空《そら》で聞いていた。ジークの頭の中は、この盛大《せいだい》なレースのためにしなければならないことで、いっぱいだった。まずはくつを新調しなくてはいけない。青いノース・スターTシャツと白い半ズボンも買わなくてはいけない。セイバー船長は、クルー全員がピリッとして見えるように、と指示《しじ》していた。四十五分後には練習が始まる。それまでにいくつか終わらせるには、急ぐしかない。

「ジェン、もう行かなきゃ」ジークはジェンの話をさえぎった。

「この謎《なぞ》を解決《かいけつ》したいと思わないの？」ジェンがきいた。

「なにを言っているんだ。ぼくが解決して、クリスもそれを認《みと》めたじゃないか」

「でもクリスが認めなかったことについてはどうなの？　ファントム号のことは？　どうしてシヨー船長はクルー以外《いがい》の人間を乗せてくれないの？　あの背中《せなか》の丸い男の人はだれ？　それに――

――」

ジークはまたジェンをさえぎった。「わからないし、今はそのことを考えるひまはない。じゃあ、あとでね」そう言うと、自転車置《お》き場まで走っていった。

一時間後、ジークは新しいデッキシューズをはいていた。もうすっかり正式なクルーになった気分だ。今、ミスティック湾《わん》を出たところだ。レース本番と同じルートをたどって、南に向かっている。ジークは波にゆられる感じが好《す》きだった。青く晴れわたった空を、カモメが羽を広げて飛《と》んでいる。まるでノース・スター号と競争《きょうそう》しているみたいだ。

大人《おとな》のクルーたちがみんな、ジークにお祝《いわ》いの言葉をかけてくれた。

「きみがチームに入ってくれてうれしいわ」ジェインはジークの背中《せなか》をポンとたたきながら言った。「ビーおばさんによると、最高《さいこう》のヨットマンで、しかも責任感《せきにんかん》が強いそうね」

ジークの顔がポッと赤くなった。ビーおばさんはいつも、ぼくたちのことを自慢《じまん》しているんだ。

帆《ほ》が風を受け、太陽がまもなく水平線に近づこうとしている。ジークは最高の気分だった。クルーの一員になれたし、自分にかけられた容疑《ようぎ》も晴らした。それなのに、なにかがまだひっかかっている。もしジェンの言葉が正しかったら？　ほかのいたずらは実《じつ》はクリスではなかったとしたら？　ファントム号は？　そっくりな船がポセイドン三角海域《かいいき》で消えたのを、たしかに見た。

あれはただのイルカの群《む》れだったのか、それともほんとうに船だったのか。

それに、人を船に乗せたがらない船長は、ほんとうにあやしいのか。

ジークはいけないとばかりに頭をふって、思わずほほえんだ。すっかり謎解《なぞと》きに没頭《ぼっとう》してしまった。まるでジェンみたいじゃないか！

セイバー船長が号令《ごうれい》をかけた。ジークはさっと気を取りなおした。心配するのはやめよう。今はやるべきことに集中するだけだ。帆《ほ》の角度を調節《ちょうせつ》するロープをつかみ、引こうとしたまさにそのとき、ロープがぐいとひっぱられ、指をすりぬけていった。

第九章　魔物出現《まものしゅつげん》！

「気をつけろ！」セイバー船長が叫《さけ》んだ。「ジーク、どうした？　引きこめ、引きこめ！」

しばらくのあいだ、船上は騒然《そうぜん》としていた。クルーのひとりがジークのもとにかけ寄《よ》り、手を貸《か》してくれた。なにが起きたのか考える余裕《よゆう》ができたのは、ひと段落《だんらく》ついたあとだった。ジークはやるべきことをやっていた。ところが次の瞬間《しゅんかん》、ロープが燃《も》えるような熱《あつ》さとともに左手をすりぬけていった。だれかがロープの準備《じゅんび》を怠《おこた》ったのか？　これもクリスのいたずらだったのか？

さわぎがおさまってから、ジークはようやく自分の手をじっくり見ることができた。ロープで手のひらをやけどしていた。赤くなっていて、痛《いた》んだ。摩擦《まさつ》で皮膚《ひふ》が溶《と》けてしまったところもあり、指を完全にのばすことができない。

「だいじょうぶか？」セイバー船長が声をかけてくれた。

ジークはうなずき、負傷《ふしょう》した手をポケットに入れた。ロープによるやけどくらいで、クルーからはずされるわけにはいかない。

「レース中は、こういうミスはいっさいゆるされないからな」けわしい顔で船長が忠告《ちゅうこく》する。

ジークはつばを飲みこみ、「はい、わかりました」と返事をした。ほかの人に責任《せきにん》を押《お》しつけたところで、どうにもならないことはわかっていた。どうにかして、レースまでに真相《しんそう》を突《つ》き止めなくては。土曜日に今日のようなへまをやらかしたら、負ける。しかもその全責任を自分が負《お》うことになる！


ジェンがサッカーの練習を終え、帰路《きろ》につくころには、空はまるで、白っぽくにごった黒インクのような色をしていた。間近《まぢか》にせまったヨットレースのことに夢中《むちゅう》になっていて、サッカーの練習があることを忘《わす》れるところだった。体は汗《あせ》でべとべとだし、疲《つか》れきっている。ビーおばさんのおいしい食事がただ待ち遠しい。

リュックを背負《せお》うと、自転車にまたがった。同じチームの女の子たちに手をふり、自転車をこぎはじめると、ジークが見たという幽霊船《ゆうれいせん》のことをまた思い出してしまった。あの正体《しょうたい》を示《しめ》す手がかりが、なにか見つかればいいのに。

疲労困憊《ひろうこんぱい》していたが、桟橋《さんばし》に向かうことにした。最後《さいご》にもうひとまわりするくらい、どうってことないだろう。

ヨットハーバーに着いたのは、ちょうど月が顔を出したころだった。ゆっくりと、小道に沿《そ》って自転車を走らせた。クラブハウスからはなれ、ホテルにもどろうとしたそのとき、奇妙《きみょう》なちらちらする光が目に入った。外灯《がいとう》のないところに自転車をとめ、目をしばたたいて、海上のはるか先をながめた。一瞬《いっしゅん》、ぼうぜんとして息ができなかった。ミスティック湾《わん》をはさんで反対側《はんたいがわ》、はるか、はるか先に、船の形がかろうじて見えたのだ。暗い海に浮《う》いているようで、しかも猛烈《もうれつ》なスピードで崖《がけ》に向かっている！　そして次の瞬間、その船影《せんえい》が消えた！

あわてて自転車を方向転換《てんかん》させると、桟橋のほうへもどった。安全パトロール室の入り口のまえに自転車を乗り捨《す》て、中へかけこんだ。

「船が」あえぎながら言う。「南側《みなみがわ》の崖に船がつっこんだみたい」

ロロンさんは机《つくえ》に背《せ》をもたれて腕《うで》を組んでいた。「ジェン、元気かい？」

「いえ、あの、ほんとうに見たんです。助けに行かなきゃ！」

ロロンさんはうなずいただけで、動こうとしない。「遭難《そうなん》の連絡《れんらく》は入っていない。きっと思いすごしさ。月明かりが海面に反射《はんしゃ》してたんだろう」

「SOSを出すひまもなかったのかも」ジェンは食《く》いさがる。

ロロンさんはため息をつきながら机からはなれ、海上無線《むせん》のダイアルをまわした。そして使用されている周波数《しゅうはすう》すべてに、南側《みなみがわ》の断崖付近《だんがいふきん》で危険《きけん》に遭遇《そうぐう》した船や、事故《じこ》を目撃《もくげき》した船はいないかと呼《よ》びかけた。しかし、否定《ひてい》する回答ばかりが、キーキーとスピーカーから流れてきた。

「ほらね」ロロンさんが、元の体勢《たいせい》にもどりながら言った。「月明かりにだまされただけだよ」

ジェンはまゆをひそめた。きっと月明かりだったにちがいない。でも、あの姿《すがた》はたしかにヨットだった。幽霊船《ゆうれいせん》だった。

「これでよし」ガーゼの包帯《ほうたい》の端《はし》をテープで留《と》めながら、ビーおばさんが言った。「やけどにはアロエとティーツリー油がいちばん効《き》くからね」と、自信《じしん》たっぷりにジークに言う。

ジェンは身ぶるいした。ジークの手は赤くなって、痛《いた》そうだ。なにが起きたのか、まだ二人で話してはいない。でもあのジークが、うっかりしてこんなケガをするわけがない。たしかに事故《じこ》は避《さ》けられないこともある。だがジークはヨットマンとしては慎重《しんちょう》すぎるほど慎重で、とてもこのようなへまをするタイプではない。だれかがしくんだにちがいない。ジェンが思ったとおりだ！　それにさっきの幽霊船《ゆうれいせん》のことも、早く話したくてたまらなかった。

「居間《いま》でゲームをやろうよ」とジェン。「なにか手伝《てつだ》うことがなければだけど」とビーおばさんを見た。

ビーおばさんは二人を追い払《はら》うように手をふった。「いいわよ、いいわよ。これだけいそがしいと、自分でやってしまったほうがらくなのよ。でもきれいなタオルを〈バラのバンガロー〉に運んでくれたわよね？」

ジェンはうなずいた。ジェンとジークはビーおばさんのホテル経営《けいえい》を手伝っている。荷物運びに、部屋《へや》（すべてに花の名前がついている）のそうじ、給仕《きゅうじ》を手伝うこともあるし、ほかにもいろいろな雑用《ざつよう》をこなすのが二人の役目だ。

「じゃ、行っていいわよ。でも遅《おそ》くまで起きていちゃだめよ。わかっているわよね。あしたは学校だし、あしたの夜はいそがしくなるんだから！」

ジェンはにっこりした。あしたの金曜日の夜には、ビーおばさんがレース前夜祭としてディナーパーティーを開くことになっているのだ。食堂《しょくどう》は人でいっぱいになる。もちろんこのレースが一大イベントだからだが、それに加《くわ》えて、ミスティックの人々はみんな、ビーおばさんがこのあたりでいちばんの料理《りょうり》じょうずだと知っているからだ。あまりにもおおぜい集まるので、ビーおばさんは町の女の人数名に、台所や給仕《きゅうじ》の手伝《てつだ》いをたのんだくらいだ。警察《けいさつ》を引退《いんたい》したウィルソン刑事《けいじ》は、いつもビーおばさんの手伝いを買って出るが、今も外で雨《あま》どいに華《はな》やかな電飾《でんしょく》をひもでつるしているところだ。もう八時をすぎているというのに。

花柄《はながら》のスカートをひるがえして、ビーおばさんは台所へともどっていった。白髪《しらが》まじりの三つ編《あ》みがゆれている。ジェンとジークは居間《いま》に向かった。スリンキーもついてくる。そして飼《か》い犬のウーファーの太い前脚《まえあし》のあいだに、ちょこんとおさまった。スリンキーはのどを鳴らし、自分の鼻をウーファーの鼻に押《お》しつけた。ウーファーは目をさまして、スリンキーをぺろぺろなめた。

ジェンはスクラブルの単語《たんご》ゲームを広げたが、気もそぞろだ。ステイシーとゾディアックに乗ったときに起こったことをすべて、ジークにできるだけ手短《てみじか》に説明《せつめい》した。

「ほんとうに六人乗ってたの？」ジークは疑《うたが》わしげにきいた。ちょうど〝ＨＡＲＤＬＹ〟（訳注《やくちゅう》 考えられない、という意味）という単語《たんご》を、点数が倍になるマスを使って作ったところだ。

「たしかよ。それにゆうべノース・スター号のまわりをうろついていた、あの背中《せなか》の丸い男の人もその中にいた。そういえば」考えこみながらつけ足した。「あの人、月曜日にも海岸通りを歩いているところを見かけたわ！」

「でもファントム号は今日到着《とうちゃく》したんだよ」とジーク。「それなのにどうしてその人が、ショー船長のところでクルーになれたりするの？」

ジェンは人さし指でテーブルをこつんこつんとたたいた。「それが知りたいのよ！」そして身を乗り出した。「でももっと不思議《ふしぎ》なことがあったの」

ジェンがなにやらもっと大きなニュースを告《つ》げようとしていることに、ジークは気づいていた。

「なに？」

ジェンは今夜、帰宅《きたく》するまえに見かけた、薄気味《うすきみ》悪い船の姿《すがた》の話をジークにした。

「でもロロンさんが沖《おき》にいる船すべてに呼《よ》びかけても、事故《じこ》に巻《ま》きこまれた船はなかったの！」

「それで？　どう説明《せつめい》するの？」

「まさにそこなのよ」ジェンがせっぱつまった様子で言う。「説明《せつめい》できないのよ。でもなんとかして真相《しんそう》を突《つ》き止めなくちゃ」

金曜日の放課後《ほうかご》、ジークは全速力で自転車を走らせ、ヨットハーバーへと向かった。セイバー船長に、船の最後《さいご》の準備《じゅんび》を手伝《てつだ》うよう言われていたのだ。

最初の仕事は、メイン・マストを塗《ぬ》りなおすことだった。船長はペンキ缶《かん》とブラシをジークに持たせ、巻《ま》きあげ機《き》を使ってマストの最上段《さいじょうだん》にのぼらせた。

「おりるときは、叫《さけ》ぶんだぞ」船長が大声で指示《しじ》した。

ジークは下を見た。こんなに高いところで、命綱《いのちづな》はロープ一本だけ。ヨットのわずかなゆれが、何倍にも感じられる。マストから手をはなしたら、このゆれではまちがいなく空中に放り出されてしまうだろう。

ジークはごくりとつばを飲みこんだ。これを楽しいとは決して言えないが、クルーの一員としての任務《にんむ》であるならば、やるしかない。何回か深呼吸《しんこきゅう》をしているうちに、心臓《しんぞう》の鼓動《こどう》も落ち着き、うなじの汗《あせ》もひいた。

やけどした手でマストにつかまったまま、ジークは肩《かた》の力を抜《ぬ》き、あたりを見まわした。海面ははるか下に見える。この高さからは、ヨットハーバー全体も、湾内《わんない》もよく見わたせるし、ミスティックの旧市街地《きゅうしがいち》も見える。下界《げかい》では人々があわただしく動きまわり、船や桟橋《さんばし》、ヨットハーバーに、出たり入ったりをくりかえしている。でももっとも目を奪《うば》われたのは、港から大西洋に向かって開けた景色《けしき》だ。はるか先には白い帆《ほ》が、まるで青いケーキの上にちりばめられた小さな砂糖飾《さとうかざ》りのように見えている。もっと近くには、ファントム号の堂々《どうどう》とした姿《すがた》。ファントム号は今もまだミスティック湾に停泊《ていはく》している。

「あの船は手ごわそうだな」ジークは思った。これまでのところ、ほかに気になる船はなかった。だが、ファントム号はレース初出場だし、すごく速そうに見える。ただ、ファントム号のクルーは一度も試走《しそう》していない。それどころか、練習しているところさえ見たことがない。この高さから見るかぎり、デッキにも人気《ひとけ》はない。

ジークは肩をすくめた。ショー船長がクルーになにを指示《しじ》していようと、自分には関係《かんけい》のないことだ。さっさとマストを塗《ぬ》りかえてしまえば、それだけ早く二本の足でデッキに立てる。風が吹《ふ》いた。マストのてっぺんが左右にゆれた。ジークはあわてて塗装《とそう》をはじめた。

ようやく塗装《とそう》が終わり、セイバー船長にゆっくりとマストからおろしてもらうと、ジークはほっとして大きなため息をついた。

「助かったよ、ジーク」船長は目を細めて、マストの上のほうまで見つめた。「どんなにお金を払《はら》うと言われても、あんなところにはのぼりたくないなあ」

ジークはにこっと笑《わら》った。どういうわけか、そのひと言で気分がよくなった。「次はなんでしょう、ボス？」ほかのクルーたちをまねて、親しい呼《よ》びかたをしてみた。

「泳ぐのは好《す》きかね？」セイバー船長がきいた。ちょっと意味ありげな笑《え》みを浮《う》かべている。

「はい」と答えたものの、はたしてそれがよかったのかどうか。最初《さいしょ》はマストのペンキ塗《ぬ》り。それでお次は？

「よかった。ここにマスク、シュノーケル、それに足ひれがある」船長はジークに、それらの装《そう》備《び》の入ったメッシュの袋《ふくろ》を手わたした。「船体から汚《よご》れを削《けず》り落としてほしいんだ。それほど汚れてはいないはずだが、きれいになっていれば、それだけスピードも出るし、帆走《はんそう》もスムーズになる」その様子を示《しめ》すかのように手を空中に走らせた。

文句《もんく》を言いたくなるのをぐっとおさえ、ジークは水着に着替《きが》えた。ウェットスーツを持ってくればよかったと思いながら、足ひれをつけた。デッキの端《はし》からすべるように海に入ると、あまりの冷《つめ》たさに息がつまりそうになった。

「船体と桟橋《さんばし》のあいだには入りこまないように」ジークを見おろして、セイバー船長が注意した。

歯がガチガチ鳴るのをおさえながら、ジークはうなずいた。そしてマスクを着用し、シュノーケルの位置《いち》を合わせた。ヘラを右手に持ち、大きく息を吸《す》い、水中に体を沈《しず》めた。足ひれを使い、船体の底《そこ》をめざして、深くもぐっていく。まったく汚《よご》れていないように見えるけれど、セイバー船長にそう言うつもりはない。そんなことしたら、次は船底《ふなぞこ》のそうじを命《めい》じられてしまう！

ジークはゆっくりと息を吐《は》いた。肺《はい》いっぱいにためこんだ空気が、救命胴衣《きゅうめいどうい》の役割《やくわり》を果《は》たし、体を浮《う》きあがらせるのだ。船体と桟橋のあいだでつぶされないよう注意しながら、すばやく船体をぐるりとまわってそうじする。ほんのわずかでも緑がかっているところは、ヘラでこすった。

息苦しくなれば、そのつど海面に顔を出した。

とつぜん、数メートル先でなにかが動いた。心臓《しんぞう》が止まるかと思った。このあたりにはサメはいない……はずだけど。

息が苦しい。あわてて海面に顔を出すと、必死《ひっし》に息をついた。とくに理由もないのに、気が動《どう》転《てん》していた。魔物《まもの》なんて、いるわけない。

もう一度大きく息を吸《す》いこみ、深くもぐった。港のにごった海水の中で、先ほど見かけたなにかをさがした。いた！　黒い影《かげ》が見える。ジークはじっと目をこらした。魔物でも、サメでもない。ウェットスーツを着用し、エアタンクに、マスク、それに足ひれをつけた人間だ。左手になにか持っている。太陽の光が深い海中にさしこむたびに、そのなにかがきらりと光る。

不審《ふしん》に思い、ジークはその人影を追った。相手より後ろの、浅い位置《いち》を保《たも》った。そうすれば泳ぎながら息つぎができる。その人影が片手《かたて》をのばしてエアタンクの残量《ざんりょう》を確認《かくにん》したとき、左手にあるものがはっきりと見えた。ハンドドリルだ！　金属《きんぞく》の部分がきらりと光る。そのとき、ひらめいた。船体に穴《あな》を開けようとしている！　ノース・スター号の船体に！

頭にきたジークは、思いきり足ひれをばたつかせ、必死《ひっし》にまえへ進んだ。手をのばし、つかみかけたところで、その人はくるりと回転した。顔をつきあわせたかっこうとなったが、ジークに見えるのは、相手の目だけ。しかもマスクを通してなので、奇妙《きみょう》にゆがんで見える。ハンドドリルを奪《うば》おうとつかみかかったが、失敗《しっぱい》した。もう一度試《こころ》みようとしたそのとき、今度はその人がジークの腕《うで》をつかみ、海底《かいてい》へ向かってぐいぐい引きずりこんだのだ！

第十章　誘《ゆう》惑《わく》

ジークは逃《のが》れようと必死《ひっし》にもがいた。腕《うで》を引きぬこうとしたが、相手のダイバーはジークの手首をにぎったまま、死んでもはなすまいとしている。ジークは体をねじった。すぐにでも水面に浮上《ふじょう》しないと息が切れる！

これで最後《さいご》と、決死の思いでヘラを手放し、自由なほうの腕をぐるぐるまわした。相手のマスクをつかむと、ぐいとひっぱった。泡《あわ》がふきだし、視界《しかい》がさえぎられる。襲撃者《しゅうげきしゃ》のマスクをはぎ取れたのはたしかだが、顔をじっくり見ることはできなかった。

胸《むね》がカーッと熱《あつ》くなり、目のまえがチカチカしてきたので、襲撃者につかまれていた手をふりほどいた。急浮上《きゅうふじょう》し、水面に顔を出すと、マスクをはずし、必死《ひっし》に息をした。

「こすりおわったか？」上から声がした。

立ち泳ぎをして息をととのえようとしながら、セイバー船長を見あげた。「はい、ただヘラを落としちゃって、拾うことができませんでした」

船長は顔をしかめた。

「かわりに新しいのを買っておきます」ジークはあわててつけ加《くわ》えた。

「わかったよ」セイバー船長が答えた。なにか言いたそうにしたが、まゆをひそめ、首を横にふっただけだった。

がっくりして、ジークはなにを言っていいのかわからなかった。でも、どのみち船長は、さっさとその場をはなれてしまった。ジークはバシャンと水面をたたいた。これじゃあんまりじゃないか！　最初《さいしょ》はクリスがやっかいごとを引き起こしてくれた。次はこの気が狂《くる》ったダイバーだ。このままではクルーからはずされてしまう。この謎《なぞ》のダイバーの正体《しょうたい》さえ突《つ》き止めることができれば、セイバー船長にほんとうのことを説明《せつめい》できる。証拠《しょうこ》もないまま、また幻《まぼろし》を見たなんて船長にうったえるわけにはいかなかった。

ジークは大きなため息をつくと、船によじのぼった。謎《なぞ》のダイバーが水面に顔を出していないか、あたりを見まわした。どこにも姿《すがた》が見えない。顔をはっきり見ることもできなかった。これでは正体《しょうたい》を突《つ》き止めようがない。

体をかわかし、セイバー船長にほかにやることはないか確認《かくにん》した上で、ノース・スター号からおりて、自転車置《お》き場へと急いだ。自転車にとび乗り、灯台《とうだい》ホテルへもどった。今夜の行事で、ビーおばさんはジークの手伝《てつだ》いを心待ちにしているはずだ。

思ったとおり、台所から中に入ると、ジェンに言われた。「遅《おそ》かったじゃない。このナプキンをたたむの、手伝って」

ジークはリュックをおろし、台所のテーブルのまえにすわった。今日はマルハナバチ柄《がら》のテーブルクロスがかかっている。青い布製《ぬのせい》のナプキンをたたみながら、ジークは今日の海中での事件《じけん》をジェンに話してきかせた。

ジェンは目を大きく見開いたまま、攻撃《こうげき》されたときの様子や、相手の顔を確認できなかったことを話すジークを、じっと見つめていた。「むこうはジークだってことに、気づいたのかな？」

ジェンはたずねた。

ジークはしゅんとしてしまった。その可能性《かのうせい》は考えてもいなかった。相手の正体《しょうたい》を突《つ》き止めることばかりに夢中《むちゅう》になっていたけれど、もしあのダイバーがジークを知っていて、先に気づいていたなら、こっちの身があぶない。ドリルを手に船の下にもぐりこんでいるところを目撃《もくげき》されたとなれば、その目撃者を放っておくとは思えない！

「だいじょうぶだと思う」じっくり考えた上でジークは答えた。「ぼくもマスクをしていたし、シュノーケルをくわえていたからね」

ジェンが顔をしかめた。「今回はクリスのしわざではないことはたしかね。別《べつ》のだれかがこのレースを妨害《ぼうがい》しようとしている。たぶん、あの背中《せなか》の丸い男の人とファントム号がからんでるんだと思う」

「そうかなあ」とジーク。「水中にいたのは、明らかにもっと若《わか》い人だったよ。それに背中はぴんとのびていた」

「そのうちわかるわ」ジェンが肩《かた》をすくめて言った。「今日の午後、ファントム号が練習していたわ。なかなかよさそうよ」

最後《さいご》から二枚《まい》目のナプキンを折《お》りかけていたジークが、手を止めた。「え、ほんと？　ぼくが見たときは、ファントム号は湾内《わんない》に停泊《ていはく》していたよ」

ジェンは片方《かたほう》のまゆをつりあげた。「同じ時間に別々《べつべつ》の場所で見たってことは、もしかしたら、ほんとうに幽霊船《ゆうれいせん》なのかも」

ちょうどそのとき、ビーおばさんがいそがしそうに台所にかけこんできたので、ジェンのこのばかげたコメントに答えることはできなかった。それどころか、夕食まで、二人きりで話す時間すらなかった。ビーおばさんは二人にこまかな仕事をたんまりと用意してくれていたのだ。その上、手伝《てつだ》いの人たちが台所に侵入《しんにゅう》してきて占領《せんりょう》してしまったし、二人が気づいたときには、祝宴《しゅくえん》のお客さんたちも到着《とうちゃく》しはじめていた。

ジークはノース・スター号のほかのクルーといっしょに、メインテーブルにすわることになっていた。セイバー船長、ティル船長、それにミスティック・ヨットクラブの理事《りじ》たちもいっしょだ。みんなはお皿を手に、まだバイキングの列にならんでいる。ジークはさっさとサラダとスープを取り分けてきた。あとはこれから出てくるはずのローストビーフのために、おなかを空《あ》けておいた。ジークはかたくのりづけされたえりを、ぐいっとひっぱった。メインテーブルにすわるのはかまわないとしても、このきゅうくつな服装《ふくそう》はどうも気に入らない。ビーおばさんがどうしてもこれを着ろといって、用意しておいてくれたのだ。ジークはまたえりをひっぱり、えりと首のあいだに人さし指を入れた。するとプチンという音とともにシャツのいちばん上のボタンが取れ、テーブルの上をころがって床《ゆか》へと落ちた。

恥《は》ずかしさのあまり顔を真っ赤にしながら、ジークはしゃがみこんでボタンをさがした。床の上に指を走らせ、小さくて白くて丸い物体をさがした。ちょうど右手小指の下にそれを感じたときだった。ティル船長がとなりの席《せき》にすわり、話しはじめたのだ。「なあビリー。積荷《つみに》を少しだけ軽くしてみろ。ノース・スター号のスピードがぐんとあがるぞ。それでもしノース・スター号が優勝《ゆうしょう》すれば、ちょっとしたもうけが手に入るかもしれない」

セイバー船長が答えた。「それはできませんよ。あしたのレースのための計測《けいそく》は終わってるんです。速度をあげるために、船の重量《じゅうりょう》を軽くするのは不正行為《ふせいこうい》だ！」

ジークは頭をあげた。もう少しでテーブルに頭をぶつけるところだった。ティル船長はおどろいた顔で、ジークの顔をじっと見つめた。そしてきまり悪そうに笑《わら》った。「聞かれてしまったか。ま、今年も優勝したいと思うのは当然《とうぜん》だろう？　だがセイバー船長は正直者《しょうじきもの》だから、不正なんてできないんだよ」

ジークはセイバー船長をちらっと見た。じっと自分のクラム・チャウダーに目を落としたままだ。ティル船長は肩《かた》をすくめ、反対の右どなりを向いて、最近《さいきん》の好天《こうてん》について話しはじめた。ジークは信《しん》じられなかった。ヨットハーバーの責任者《せきにんしゃ》が、あんなにも平然《へいぜん》とセイバー船長を誘惑《ゆうわく》して、レースに優勝《ゆうしょう》するため不正行為《ふせいこうい》をおこなわせようとするなんて。ティル船長は、優勝するためならなんだってやるつもりなのか。

背《せ》すじがぞくっとした。だれかを海中にもぐらせ、ライバル船に穴《あな》を開けさせたりするだろうか。もしかしたら、あのダイバーがねらっていたのは、ノース・スター号ではなかったのかもしれない。

とろりとしたチャウダーをスプーンですくうと、ジークはティル船長のほうをちらっと見た。サンタクロースそっくりのこの老人《ろうじん》が、不正をはたらこうとしているなんて。たった今、自分の耳で聞いたばかりなのに、とても信じられない。

「首をふったりして、どうしたの？」ジェンが背後《はいご》からきいた。「チャウダーに貝殻《かいがら》でも入ってた？」

ジェンに目配《めくば》せして言った。「あとで話すよ」今はきいてはいけないと、ジェンもわかってくれたようだ。

ジェンはうなずいた。「さがしていた人は見つかった？」

ジークは部屋《へや》を見わたした。これではどうしようもない。あのダイバーを見つけ出すなんて、できっこない。するとそのとき、ある顔に目が留《と》まった。セイラムだ。リーガル・ウィンド号の、あのたちの悪いクルーが、窓《まど》ぎわのテーブルにすわっている。横を向いたとき、ほおに白いばんそうこうがはられているのが見えた。ジークはそれをジェンに告《つ》げた。

「マスクをはぎ取ったときに、ジークがひっかいたのかも」ジェンがささやいた。

ジークはうなずいた。まさに同じことを考えていた。「でも証拠《しょうこ》がない」昨年《さくねん》ミスティックのヨットが、ニューポートの連続優勝記録《れんぞくゆうしょうきろく》の更新《こうしん》を阻止《そし》したときに、セイラムがどれだけ怒《いか》り狂《くる》ったかを思い出していた。リベンジを誓《ちか》っていたっけ。もっとも、あのうぬぼれ屋の言うことになど、だれも耳をかたむけていなかった。

「あいつがこれ以上《いじょう》、なにもしでかさないといいけど」とジーク。「今度の件《けん》では、つかまえられないかもしれないからね」

「でももし海中で見たダイバーがセイラムで、しかも、クリスが認《みと》めなかったいたずらの張本人《ちょうほんにん》でもあるとしたら、それがファントム号とどう関係《かんけい》するの？」

　ジークは肩《かた》をすくめた。「わからない。でもぼくたちは二人とも、幽霊船《ゆうれいせん》らしき船を目撃《もくげき》している。しかも実際《じっさい》のファントム号でも、なにやら謎《なぞ》めいたことが起きている」

「つながりがあるのかな？」ジェンがたずねた。

　ジークはその問《と》いに答えることができなかった。ティル船長が立ちあがって、あいさつをはじめようとしている。ジェンはあわてて自分の席《せき》にもどった。

第十一章　真夜中の事件《じけん》

ジェンは部屋《へや》の窓《まど》から外を見ていた。灯台《とうだい》に部屋があるので、ミスティック湾《わん》が一望《いちぼう》できる。真夜中だったが、満月《まんげつ》が近いので、月明かりだけでも水面がちらちらとほのかにかがやき、桟橋《さんばし》に係留《けいりゅう》中のヨットの姿《すがた》がうっすらだが見える。とはいえ、なにもかもはっきりと見えるほど明るくはない。ほんとうはそうだとよかったんだけれど。あしたの朝、レースが始まるまでに、ミスティックで起こっていることの真相《しんそう》をつかみたい。

ジェンは考えた。やっぱりやるしかない。

おじけづくまえに、パジャマから黒いジーンズと紺色《こんいろ》のトレーナーに着替《きが》えた。それにニューヨーク・メッツの帽子《ぼうし》を、しっかりと目深《まぶか》にかぶった。もしだれかに見つかっても、正体《しょうたい》がばれないようにしなければならない。

足音をしのばせて静《しず》かにらせん階段《かいだん》をおり、一階の灯台記念館《とうだいきねんかん》へと向かった。そしてゆっくりと食堂《しょくどう》を通りぬけ、勝手口《かってぐち》からこっそり外に出た。

自転車にとびのると、ライトをつけ、急な坂をかけおりた。空気がひんやりしている。体がぶるっとふるえた。寒さのせいなのか、それとも恐怖心《きょうふしん》のせいなのかはジェン自身もわからなかった。

「もうもどれない」ジェンは自分に言い聞かせた。あやしい動きはないか、ノース・スター号を調べておかなくてはいけない。ジークの命がかかっているのだ！

ジェンは古い林道まで必死《ひっし》にペダルをこいだ。町を通りぬけ、ヨットハーバーへとおりていく。桟橋《さんばし》が近づくと、ライトを消し、自転車をおりて押《お》した。暗闇《くらやみ》の中、駐車場《ちゅうしゃじょう》近くの松林《まつばやし》へと向かった。松葉の上を静かに歩き、松やにがべっとりついた幹《みき》に自転車を立てかけた。見つけようと枝《えだ》をかき分けたりしないかぎり、人目につくことはない。

外灯《がいとう》がいくつかあるので、桟橋は多少は明るかった。でも船のほとんどは真っ暗だ。あしたの大レースにそなえて、みんなもう休んでいるのだろう。ジェンはゆっくりとまえに進んだ。船が波にゆられてやさしく上下する音以外《いがい》は、ひっそりとしている。ゆるんだロープがわずかな風にゆれ、カタカタと音を立てた。ハリヤードというロープだろう。ジークがいつも話しているので、ジェンにもわかった。

桟橋《さんばし》からはなれた海面は真っ暗だった。湾内《わんない》に停泊《ていはく》している船には、ほかの船に自分の位置《いち》を知らせるマスト灯《とう》しかついていない。船室の明かりも消えており、人の気配《けはい》はまったく感じられない。

こんなに心配してばかみたい、と思いながらも、ジェンは一歩踏《ふ》みだした。係留《けいりゅう》されているノース・スター号をもっとよく観察《かんさつ》するためだ。問題はなさそうだ。

とそのとき、風に乗って人の声が聞こえてきた。どこから聞こえるのかはわからない。気にしないでおこう、と思った。こんな夜《よ》ふけだが、起きている人もいるのだろう。ノース・スター号のことだけを考えていればいい。そのノース・スター号なら今、目のまえで、いつもどおり美しく、おだやかな雰囲気《ふんいき》のまま、係留されるべきところに係留されている。

でも、ちょっと待って！　ジェンはハッと息をのんだ。ちがう、係留されるべきところにはいない！　流されている！　ロープがほどかれている。このままだと桟橋《さんばし》に、いや、ひょっとしたら別《べつ》の船に衝突《しょうとつ》してしまう！

ジェンがノース・スター号にかけ寄《よ》ろうとしたとき、物陰《ものかげ》からだれかがとび出してきた。背中《せなか》を丸めた、あの男の人が、あわてて桟橋をかけていく。あの人がノース・スター号のロープをほどいたの？　だとしたら、今度はさらにひどいことをくわだてているにちがいない。なにしろ船は今、ロープをほどかれて漂流《ひょうりゅう》しているのだ。

やつを止めなきゃ。とび出したまさにそのとき、何人かの叫《さけ》び声が聞こえた。とっさにジェンはレンタル小屋のうしろにかがみこんだ。このままかくれていたほうがよさそうだ。ティル船長とショー船長が、あわててノース・スター号に向かっていった。別の方向からはセイラムがあらわれた。ほおにはった白いばんそうこうが目立つ。背中を丸めた男の人も加《くわ》わって四人で、桟橋に放置《ほうち》されていたひっかけ錨《いかり》を使い、ノース・スター号がほかの船を傷《きず》つけたり、ぶつかってこわれたりしないよう、たぐり寄《よ》せた。声をひそめて文句《もんく》を言ったり、指示《しじ》を出しあったりしながら、どうにかヨットを近くまで寄せた。そこにセイラムがとび乗った。

「ロープが切られている」セイラムが小さな声でみんなに告《つ》げた。

ジェンの心臓《しんぞう》の鼓動《こどう》は一気に高まった。やっぱり事故《じこ》じゃなかったんだ！

セイラムはすばやく別《べつ》のロープを取って、二度と流されないよう、しっかりと船をつないだ。その作業《さぎょう》を終えると、ノース・スター号からはいおりてきた。「いったいだれのしわざだろう」

ジェンは歯ぎしりをした。あなたでしょう。心の中でセイラムを責《せ》めた。気がつくと、背中《せなか》を丸めた男の人の姿《すがた》が見えない。あたりを見まわしたが、どこにもその気配《けはい》がない。

「これは内密《ないみつ》にしておきましょう」ショー船長がささやいた。

ジェンはもっとよく聞こえるようにと、頭を横に向けた。そのとき、帽子《ぼうし》のつばがレンタル小屋の壁《かべ》にあたり、ポンと脱《ぬ》げてしまった。手のとどかないところまでころがっていく。ちょうど外灯《がいとう》が丸く照《て》らしている中だ。とても取りに行く勇気《ゆうき》はない。さいわい、だれも気づいていないようだ。

「このお祭りに水をさすことになってしまいますからね」ショー船長が話をつづけている。「それにレースまえの各船の点検《てんけん》は終了《しゅうりょう》していますもしこの件《けん》が明らかになれば、役員たちは再《さい》点検を要求《ようきゅう》してくるでしょう。そうなるとスタート時間を遅《おく》らせなければならなくなります」

ティル船長もうなずいた。「この未遂《みすい》事件《じけん》が公表《こうひょう》されてしまうと、ミスティック・ヨットハーバーの安全性《あんぜんせい》も問《と》われることになる。そうなると大打撃《だいだげき》だ」

ロープがしっかりと留《と》まっていることを確認《かくにん》すると、二人はクラブハウスへともどっていった。

ジェンは見つからないよう、物陰《ものかげ》にかくれたまま横に移動《いどう》した。

二人の姿《すがた》が見えなくなると、ジェンはほっとした。でもそれも一瞬《いっしゅん》だった。すぐうしろで板《いた》のきしむ音が聞こえ、心臓《しんぞう》がとび出るほどおどろいた。物音を立てずにふりむいた。セイラムがほんの二メートルほど先に立っていた。クラブハウスと駐車場《ちゅうしゃじょう》のほうをじっと見つめている。顔をしかめているのが明らかだ。

ジェンは動けなかった。暗い色の服を着ているので、こんなに近くにいても、セイラムは気づいていないはず。ジェンは建物《たてもの》の陰にさらにあとずさった。セイラムも姿を見られまいとしているかのように、物陰に入った。ゆっくりと動いている。明らかに、なにか、もしくはだれかをさがしているようだ。

セイラムが落ちているジェンの帽子《ぼうし》を発見した。ジェンの心臓がはげしく鳴りだした。拾いあげ、正面のメッツのエンブレムをじっと見ている。次にはまっすぐこちらを見て、ノース・スター号に危害《きがい》を加《くわ》えようとしただろう、と責《せ》めたてられるのではないかと、ジェンは覚悟《かくご》した。ところが、どうやらまだ見つかっていないようだ。

セイラムが歩きだしても、ジェンは微動《びどう》だにしなかった。ジェンの帽子《ぼうし》はセイラムのうしろポケットに入ったままだ。セイラムはどんどん駐車場《ちゅうしゃじょう》に近づいていく。ジェンが自転車をかくしている林も近い。ジェンはじゅうぶんな距離《きょり》を保《たも》ちながら、静《しず》かにあとをつけた。セイラムが自転車に気づかなかったので、ほっとした。セイラムはクラブハウスのまわりを歩きはじめた。ノース・スター号のロープを切断《せつだん》するために使った、ナイフのかくし場所へ行く気かと思ったが、セイラムは一度も立ち止まらなかった。いったいなにをしているんだろう？ なにをさがしているの？ セイラムも、あの背中《せなか》を丸めた人をあやしいと思っているのかな？

クラブハウスのまわりを一周《しゅう》すると、ふたたび駐車場の近くにやってきた。松《まつ》の木の下をのぞいている。ジェンは息を止めた。今度こそ自転車を見つけてしまうかもしれない。もし見つけたら、ジェンのこともさがすつもりだろうか。

第十二章　ついにスタート

ジェンの帽子《ぼうし》をポケットに押《お》しこんだまま、セイラム・ディッキーはもう一回あたりを見まわしてから、リーガル・ウィンド号へともどっていった。そして船にとび乗ると、船室へおりていった。

やっといなくなった。ジェンはほっとして大きなため息をついた。帽子は見つかってしまったが、さいわいにもジェン自身には気づかなかったみたいだ。このまま急げば三十分で家にたどり着き、ベッドにもぐりこめる。気持ちはその方向に大きくゆらいだが、まったく別《べつ》の考えが浮《う》かんだ。

いちばん端《はし》の桟橋《さんばし》に、サリー・ショー船長のゾディアックが横づけされていた。まだティル船長と、陸《りく》で話をしているはずだ。あの背中《せなか》を丸めた男の人も陸の上のどこかにいるだろう。船で逃亡《とうぼう》したのであれば、エンジン音が聞こえたはず。沖《おき》のほうをじっと見つめた。ファントム号は真っ暗なままだ。だれか乗船しているのだろうか？

どきどきしながら、ジェンはクラブハウスのこぎ舟《ぶね》がつながれているところへとおりていった。ゾディアックは操縦《そうじゅう》できないが、舟ならこげる。救命胴衣《きゅうめいどうい》をつけて、アルミ製《せい》の舟に乗りこんだ。ロープを解《と》き、桟橋を押《お》してはなれた。オールをととのえ、船首を湾《わん》の外に向けて、こぎはじめた。

ファントム号まで半分くらい行ったところには、肩《かた》が熱《あつ》くなってきた。舟をこぐって、こんなに重労働《じゅうろうどう》だったっけ？　もはや冒険《ぼうけん》気分ではなくなってきた。まるで仕事だ。汗《あせ》がおでこからしたたり落ちてくる。ジェンはうしろをちらっと見た。目的《もくてき》のヨットははてしなく遠く見える。でももし今ここであきらめてしまったら、乗船するチャンスは二度と来ないだろう。

肩を丸めながら、ジェンはひたすら舟をこいだ。

ようやくファントム号に到着《とうちゃく》し、反対側《がわ》、すなわちヨットハーバーから見えない側へこいでいった。乗りこむ唯一《ゆいいつ》の手段《しゅだん》は、デッキから海面すれすれまでさがる、安っぽい縄《なわ》ばしごだけ。慎《しん》重《ちょう》にこぎ舟《ぶね》の上に立ち、流れていかないよう、右手にロープをしっかりとにぎりしめた。そして手をのばし、縄ばしごをつかんだ。さいわい、サッカーをかなりやっているので、体力はある。そうでなければ、ここで泳ぐはめになっていただろう。

こぎ舟のロープを持ったまま、はしごをのぼり、デッキにとび乗った。もし乗船している人がいたら、この物音で気づかれたはずだ。だが、ジェンの安定した息づかいと、波が船体にあたるピチャピチャという音しか聞こえない。

こぎ舟のロープを、注意深く手すりに結《むす》びつけた。岸まで泳いで帰るなんて、まっぴらだ。ついにファントム号の中を見ることができる。マスト灯《とう》と月明かりで、デッキを動きまわるにはじゅうぶんな明るさだった。

ノース・スター号とくらべて、このヨットはちらかっている。ロープはきちんと巻《ま》かれていないし、救命胴衣《きゅうめいどうい》も出しっぱなしだ。それにヨットがゆれるたびに、ジュースの空《あ》き缶《かん》がいくつもころがる。ジェンは顔をしかめた。ショー船長なら、もっと整理《せいり》整頓《せいとん》していると思ってたのに。

船首へ向かった。セイバー船長だったら決してゆるさないようなちらかり具合《ぐあい》をのぞけば、とくにあやしいところはない。幽霊船《ゆうれいせん》とも思えない。デッキもしっかりしていたし、マストも通りすぎる際《さい》に軽くたたいてみたが、頑丈《がんじょう》そうだった。ジェンは手をのばして、躍動感《やくどうかん》あふれるイルカの船首像《せんしゅぞう》に触《ふ》れてみた。とてもなめらかな手ざわりの木だった。なめらかで、かたい。まるでラカッサ号にあるチーク材《ざい》を使った手すりのようだ。

このヨットはなにかあやしい、とずっと思っていたので、ちょっと拍子抜《ひょうしぬ》けした。船室の扉《とびら》を開けようとしたときだった。かすかにバタバタという音が聞こえる。エンジン音だ！　しかも近づいてくる！

動転《どうてん》したが、音の正体《しょうたい》はわかっていた。ショー船長がゾディアックでこちらにもどってくるところなのだ！

ジェンは縄《なわ》ばしごをおりて、こぎ舟《ぶね》にもどった。波がパシャパシャと舟に打ちつけ、どきどきした。ようやく腰《こし》を落ち着けると、オールをととのえた。できるだけ早く、できるだけ静《しず》かにこいで、ファントム号からはなれた。死角《しかく》になる側《がわ》にいて助かった。

エンジン音が遠くなり、ようやく安心できたので、桟橋《さんばし》に向かうことにした。舟を引きあげたとき、遠くでまだエンジン音がしていることに気づいた。ゾディアックはとっくにファントム号に到着《とうちゃく》したはず。それともあれはショー船長ではなかったのか？　ジェンは暗闇《くらやみ》の中で、目を細めた。いいや、ショー船長のゾディアックは桟橋《さんばし》のいつものところにはない。やっぱりゾディアックに乗っていたのは、ショー船長にちがいない。でもどうしてファントム号にもどらなかったんだろう？

あまりにも疲《つか》れて、謎《なぞ》を解《と》く力はもはや残《のこ》っていなかった。こぎ舟《ぶね》をつなぐと、自転車を置《お》いた場所まで急いだ。つかまるのではないかと心配で、無事《ぶじ》に家にたどり着き、ベッドに入るまで、ほっとすることができなかった。疲れきっていて、目を閉《と》じたとたんに眠《ねむ》りについた。

翌朝《よくあさ》、目ざましが耳元で鳴りひびいたとき、ジェンはほんの五分程度《ていど》しか眠っていないように感じた。実際《じっさい》には三時間半ほど寝《ね》ていたのに。もう一度寝なおしたいと思いながらも、どうにかベッドから這《は》い出た。レースのスタートを見のがすわけにはいかない。今日はジークの晴れ舞台《ぶたい》なのだ。

ジェンがヨットハーバーに着いたころには、歩道も桟橋も人で混雑《こんざつ》していた。ヨットはスタート地点に向かっている。

自転車置き場も満杯《まんぱい》だった。そこでほかの自転車とならべて、ベンチ近くにとめた。スタンドをおろしたところで、首すじがちくちくするような感じがした。不安にかられてふりかえる。びっくりしてとびあがりそうになった。セイラム・ディッキーが、じっとにらみつけていたのだ。セイラムの目がジェンの自転車へと向いた。ジェンはセイラムの目の動きを追った。ハンドルからぶらさがったニューヨーク・メッツの飾《かざ》りが、風にゆれていた。

ジェンが顔をあげると、セイラムの姿《すがた》は消えていた。ジェンはこみあげてくる不安を必死《ひっし》におさえた。ゆうべここに来ていたことがばれてしまったのだろうか。あの野球帽《やきゅうぼう》はジェンのものだと、気づかれてしまったかしら。ノース・スター号のロープを切断《せつだん》するところを目撃《もくげき》されたと思っているとしたら、口外《こうがい》されるのをおそれて、襲《おそ》ってくるかもしれない。

第十三章　ほんものの幽霊船《ゆうれいせん》？

ジークは桟橋《さんばし》を見わたし、ジェンとビーおばさんをさがした。おばさんはウィルソン刑事《けいじ》といっしょにいて、手をふってくれた。ノース・スター号がスタート地点へ向けて動きだし、ジークは笑顔《えがお》で、二人に手をふりかえした。ぎりぎりのところでジェンを見つけた。両手の親指を立てている。成功《せいこう》を祈《いの》る、のサインだ。

ジークは陸《りく》から目をはなし、湾《わん》の入り口を見た。そこがレースのスタート地点だ。指を曲げてみた。ロープでやけどした手は、すっかりよくなっている。心の中でビーおばさんと、おばさん独自《どくじ》の手あてに感謝《かんしゃ》した。

その直後、セイバー船長からの命令《めいれい》がとんだ。いよいよレースが始まるのだ。

ジークの体じゅうに興奮《こうふん》が走った。ほんとうに、クルーのひとりとして乗船しているなんて！でももしまずいことが起こったら、自分の責任《せきにん》となるだろう。「なにも起こりっこない」小声で言った。「だいじょうぶ！」

一度レースがスタートすると、あとは息つくひまもなかった。どんどん命令がくだされる。こっちを留《と》め、あっちをゆるめ、ここをひっぱり、あそこを押《お》す。ノース・スター号がトップを航《こう》行中だとも気づかないほどだった。二位のリーガル・ウィンド号がすぐうしろから追いかけてくる。差《さ》はほとんどない！　はるか後方に見えるのはファントム号だ。なんらかのトラブルに遭遇《そうぐう》したのだろう。今では最下位《さいかい》だ。

ようやく気持ちが落ち着いてきた。リーガル・ウィンド号がすぐうしろにつけているにもかかわらず、肩《かた》から力が抜《ぬ》けていく。少なくともファントム号のことは心配しなくてすむ。ジークの知るかぎり、どの船のクルーもこの立派《りっぱ》な船を警戒《けいかい》していた。だがその船ははるか後方にいる。もう心配はいらない。これからは命令にしたがうことと、真《しん》のライバル、リーガル・ウィンド号の先を進むことだけに集中していればいい。

セイラムがヨットに乗ってレースに出ていったと思うと、ジェンはようやく安心することができた。ジェンは最後《さいご》のヨットが湾《わん》の南端《なんたん》を越《こ》えて、見えなくなるまでながめていた。ファントム号はスタートに失敗《しっぱい》し、ほかのヨットが視界《しかい》から消えても、まだそのはるか後方を航行《こうこう》していた。

「あとはみんながもどってくるのを待つだけね」とステイシー。「クラブハウスの裏《うら》でゲーム大会があるみたいよ。行く？」

ジェンは首をふった。そしてステイシーに向かって、上《うわ》の空《そら》で手をふりながら歩きだした。

「今はやめとく。ホテルの手《て》伝《つだ》いをするって、ビーおばさんと約束《やくそく》しちゃったの」ノース・スター号に乗船しているジークのことが心配だなんて、たとえ親友であっても言えない。心配性《しんぱいしょう》だと言われるだけだ。でもジェンは、不吉《ふきつ》な予感がしていた。

午前中はホテルのそうじと、昼食バイキングの準備《じゅんび》を手伝った。手を動かしているあいだじゅう、ジェンは頭の中で、これまでの手がかりをくりかえし見なおしていた。なにか奇妙《きみょう》なことが起きている。それはたしかだ。でもどういうことだろう？　午後になるとビーおばさんが、レースの最後《さいご》を見とどけるためにヨットハーバーへ行っていいと言ってくれた。ジェンは待っていましたとばかりに自転車にとび乗った。でもまっすぐにヨットハーバーへは行かなかった。町を抜《ぬ》け、南側《みなみがわ》の崖《がけ》に沿《そ》って作られたハイキング・ロードへと向かった。かくれ入《い》り江《え》で見たあやしいたき火あとを、しっかりと調べていなかったのだ。あそこになにか重要《じゅうよう》な手がかりがかくされているかも、とジェンは考えた。念《ねん》のため、確認《かくにん》しなければ。

急なでこぼこ道で何度も自転車をおり、押《お》しながら歩かなければならなかった。崖から落ちるなんて、今日のところは勘弁《かんべん》してほしい。

入り江におりていくには、ごつごつした岩場や直接《ちょくせつ》海につながる、道なき道をたどるしかない。だから、潮《しお》の流れが速くても、海上から向かうほうがらくなのだ。帰りに同じ道をのぼらなければならないことを考えると、なおさらだ。

かくれ入り江を一望《いちぼう》できる場所まで行き着いたころには、空が夕日で赤く染《そ》まりはじめていた。崖やうっそうとした森がどんどん暗くなり、肌寒《はだざむ》くなっていく。暗くてなにもない入り江を見にこようなんて、今さらながら、時間のむだだったと気づいた。はるか下にある、何日もまえのたき火あとをながめただけで、手がかりなんてつかめるわけがない。

自転車をたおさないよう、手でささえながら、ジェンは入《い》り江《え》をのぞきこんだ。目のまえにあるのが、ごつごつした海岸線と、せまく、なにもない入り江ではないことに気がつくまで、数秒かかった。たしかにごつごつした海岸線は、まるで暗い三日月のようにそこに横たわっていた。しかし、入り江は無人《むじん》ではなかったのだ！　ファントム号が入り江の真ん中に錨《いかり》をおろして停泊《ていはく》している！

ジェンは自分の目が信《しん》じられなかった。レース中の船が、こんなところでなにをしているのだろうか。トラブル続出《ぞくしゅつ》で、修理《しゅうり》のためにこの入り江に寄《よ》ったのだろうか。それとも潮《しお》に流され、コースをはずれてしまったのだろうか。それとも――ジェンは首を横にふった。どれもありえない話だ。

このまま小道をおりて、近くから船の様子を観察《かんさつ》しよう。ジェンはとっさにそう思った。ここからでは、デッキに人がいるのかどうかもわからない。あの背中《せなか》を丸めた人影《ひとかげ》を見たような気がしたが、それもたしかではない。

海岸へとおりていく道を見たとたんに、その考えはあきらめた。まっさかさまに転落せずに海岸までおりることができたとしても、のぼることはまず不可能《ふかのう》だ。トミーとステイシーを連《つ》れてくるしかない。あの二人がいれば、ゾディアックを借《か》りてきてこの入《い》り江《え》を調べ、なぜレースに参加《さんか》しているはずのファントム号が、こんなところに停泊《ていはく》しているのか、わかるかもしれない。

崖《がけ》から落ちないようにしながら、全速力で自転車をこぎ、大きくはねたり、ゆれたりしながらでこぼこ道を進んだ。ようやくでこぼこしなくなり、さらには舗装《ほそう》道路にまで来たときは、心底《しんそこ》ほっとした。

ヨットハーバーに到着《とうちゃく》するとすぐに自転車をとめ、そこからは歩いた。人々は声をかけあってはあいさつを交《か》わし、レースについて話したり、どのヨットが優勝《ゆうしょう》するか賭《か》けたりしている。ジェンはそのような人々のあいだをかけぬけ、ステイシーとトミーをさがした。ようやく二人を見つけた。もちろんその場所は、ホットドッグの屋台のとなり。

ステイシーのほうが先にジェンに気づいた。「どうしたの？」

ジェンは息をととのえた。「ファントム号よ！　かくれ入り江にいるの！」

ステイシーはなにか言いかけたが、ジェンの背後《はいご》を見て言いかえた。「そんなはずないわ。ほら、ファントム号よ！」

ジェンはあわててふりかえった。ステイシーの言うとおりだった。帆《ほ》をいっぱいにはり、徐々《じょじょ》に弱まる太陽の光に照《て》らされて、湾内《わんない》に入ってきたのは、ファントム号だ。まるでひとひらの雲のように、なめらかな動きでこちらに向かってくる。そのすぐうしろにノース・スター号がせまっている。

ジェンはがっくりした。ジークのヨットは勝てなかった。桟橋《さんばし》へと急ぐ群衆《ぐんしゅう》の中に加《くわ》わった。ファントム号は速度を落とし、方向を変《か》え、そしていつものように沖合《おきあ》いに錨《いかり》をおろした。一方のノース・スター号は、帆《ほ》をおろし、エンジン音をひびかせて桟橋へ向かってきた。

ノース・スター号が桟橋につながれると、ティル船長がクルー全員に入賞祝《にゅうしょういわ》いの言葉を述《の》べた。でもだれの目から見ても、ティル船長はさびしげな顔をしていた。

「みんなは全力をつくした」ティル船長がつづける。「それがいちばんだ」

「勝ちたかったたな」ジークは小声で、ジェンだけに聞こえるように言った。

ジェンはジークの腕《うで》をきゅっとにぎった。ミスティックの人はみんな、おおいに期待していたので、二位入賞でもとてもがっかりしてしまっていた。

「ファントム号に追いつかれて抜《ぬ》かれたなんて、信《しん》じられないな」とトミー。「いったい、なにがあったんだい？」

ジークは説明《せつめい》をはじめた。ファントム号はレース序盤《じょばん》でトラブルが発生し、そのまま姿《すがた》が見えなくなった。ところがレース中盤《ちゅうばん》で、はるか後方に見えていたファントム号が徐々《じょじょ》に追いあげ、次々とほかのヨットを追い抜《ぬ》き、ノース・スター号と一位でならび、レースの最後《さいご》で抜け出したのだ。

「リーガル・ウィンド号はまだみたいね」とステイシー。ノートには到着《とうちゃく》した順《じゅん》にヨット名を記入してある。

ジェンは湾《わん》の外へと目を向けた。もしリーガル・ウィンド号になにか深刻《しんこく》なトラブルが発生しているなら、湾岸警備《わんがんけいび》隊《たい》が出動するはずだ。「迷《まよ》ったのかもね。大西洋は広いから」

「きいてくるわ」ステイシーはそう言うと、情報収集《じょうほうしゅうしゅう》に行ってしまった。

「たいした記者だよな」とトミー。「ま、いっしょに行ってみるか」そしてステイシーのあとを追った。

ジェンは笑《わら》った。トミーが追いかけていった理由はただひとつ。大きな事件《じけん》が起こったというニュースを、いちばんに聞きたいからに決まっている。トミーは、わくわくどきどきするようなことがあれば、その渦中《かちゅう》にいたいといつも思っているのだ。もちろん、食事を抜いてまで、というわけではないが。

ジークとジェンは雑踏《ざっとう》の中を歩き、空《あ》いているベンチを見つけて、腰《こし》をおろした。ジェンはゆうべのことと、ほんのわずかまえにかくれ入り江《いりえ》で見たことを、ジークに小声で話して聞かせた。

「どういうことだと思う?」話を終え、ジェンがきいた。「わたしが見た船はファントム号にそっくりだった。ということはほんとうに幽霊船《ゆうれいせん》だったのか、さもなければ——」

「ジェンの思いちがいか」ジークがうしろに寄《よ》りかかりながら、口をはさんだ。

ジェンはジークをにらみつけ、ようやくジークが降参《こうさん》とばかりに両手をあげた。「わかったよ」と苦笑《にがわら》いしながら答えた。「思いちがいじゃない。それに、ポセイドン三角海域《かいいき》で見たのも崖《がけ》に正面衝突《しょうとつ》したのも、思いちがいじゃない。ということは、明らかになにかがおかしい」

「明らかにね」ジェンがくりかえした。「でも、なにが? そして、だれのしわざ?」

「一艘《そう》の船が、同時に二カ所にいるなんてことはありえない。ファントム号はたしかに、ぼくたちのうしろにいたんだ」とジーク。「それに、ノース・スター号に危害《きがい》を加《くわ》えていたのは、だれだったんだろう?」

ジェンがとつぜん立ちあがった。「行くわよ!」

「どこに?」ジークがあとを追いながらきいた。

ジェンはクラブハウスに向かっていた。「紙が必要《ひつよう》よ。容疑者《ようぎしゃ》メモを書くの。そうすれば、この謎《なぞ》が少しは解明《かいめい》できるはずよ」

容疑者メモ

容疑者《ようぎしゃ》　ティル船長

動機《どうき》　勝てると自信たっぷりだった。
なにかたくらんでいた？

疑問点《ぎもんてん》

1. ノース・スター号の船長に不正をすすめていた。

2. ミスティックが優勝するためならなんだってやる？

3. 南の入り江に行かないよう、ぼくたちに警告したのはなぜだろう。

容疑者メモ

容疑者《ようぎしゃ》　セイラム・ディッキー

動機《どうき》　去年敗れたため、ミスティックにリベンジを誓っていた

疑問点《ぎもんてん》

1. "悪ふざけ"で有名。
2. ロープを結んだ？
3. 救命胴衣をかくした？
4. ぼくが手をロープでやけどする原因を作った？
5. スキューバ・ダイビングの装備を身につけ、ドリル片手に水中にもぐっていた？ そのあと、顔にばんそうこうをはっていた。
6. ゆうべ、ノース・スター号のロープをはずしたのはセイラム？

容疑者メモ

容疑者《ようぎしゃ》　背中を丸めた男の人

動機《どうき》　??

疑問点《ぎもんてん》

1. いつもヨットのまわりをうろついているのはなぜ?

2. なにをたくらんでいるのか?
　ロープをぐちゃぐちゃに結んだ
　救命胴衣をかくした
　ロープでやけどを負わせた
　この三つに関係している?

3. ノース・スター号のロープをほどいた?

4. ファントム号の乗組員なのか?もしそうであれば、どうしてファントム号が到着するはるかまえからミスティックにいたのか?

5. どうしてノース・スター号にかけより、ヨットがふたたび桟橋につながれたあとで、姿を消してしまったのか?

容疑者メモ

容疑者《ようぎしゃ》　サリー・ショー船長

動　機《どう　き》　ヨットレースで優勝し、賞金を
手に入れる

疑問点《ぎもんてん》

1. ポセイドン三角海域で目撃したのはほんとうにファントム号だったのか？
もしそうであれば、あんなところでなにをしていたのか？
2. ヨットハーバーでのトラブルについてはとても親身で、親切だったのに、ファントム号を見たいとたのむと、いつもぶっきらぼうにことわった。
3. ヨットは多少ちらかっていたが、不審なところは見つからなかった。それなのにどうして、クルー以外を乗せようとしないのか。
それに、六人のクルーが乗っているのを見た。
どうして？
4. レース終了まぎわに、かくれ入り江で見かけたのはなんだったのか。
ファントム号にそっくりなヨットがいただけ？

最後《さいご》の容疑者《ようぎしゃ》メモを読みなおしたところで、ジークがうなった。「これじゃあ、ちっとも解《と》けた気がしないや」

ジェンはメモをぱらぱらとめくった。「このどこかに答えがあるはずよ。それさえ見つけ出せれば」

読者への挑戦《ちょうせん》

だれがレースを妨害《ぼうがい》しようとしていたのか、わかったかな？　ファントム号は、どうかかわっているのだろうか？　ジェンとジークもなかなかいい容疑者《ようぎしゃ》メモを書いているが、大事な手がかりがいくつか抜《ぬ》けている。それがわからなければ、なにが起きているのかを突《つ》き止めることはできない。

結論《けつろん》は出たかな？　時間はたっぷりある。じっくりメモを読みかえしてみよう。ジェンとジークが見落としていることをおぎなってほしい。解決《かいけつ》できたと思ったら、最《さい》後《ご》の章を読んでみてくれたまえ。さて、ジェンとジークはちりばめられた断片《だんぺん》をつなぎあわせて、三角海域《かいいき》の謎《なぞ》を解《と》き明かすことができたかな？

幸運を祈《いの》る！

解決篇《かいけつへん》
本件《ほんけん》、ひとまず解決！

ジェンとジークはホテルに帰る道すがらも、この謎《なぞ》を解《と》き明かすことばかりを考えていた。ホテルに着くと、すぐに服を着替《きが》えた。今夜はミスティック・ヨットハーバーで盛大《せいだい》なパーティーが開かれることになっている。二人がクラブハウスにもどったころには、芝生《しばふ》広場ではすでにバンドが演奏《えんそう》し、おめかししてきた幼《おさな》い子どもたちが走りまわっていた。親たちは楽しげに桟橋《さんばし》でダンスをし、ごちそうや飲み物のテーブルが、室内にも外にも、まるで貨物《かもつ》列車に積《つ》まれた車のように、ずらっとならんでいる。人々は数人ずつ輪《わ》になり、九時に始まる予定の花火について話をしている。

「最高《さいこう》ね」ジェンはこのお祭りムードを満喫《まんきつ》していた。

ジークは必死《ひっし》に笑顔《えがお》を作った。もっと楽しまなきゃ。でもファントム号にレース序盤《じょばん》でトラブルが発生したときには、これでノース・スター号は勝てると確信《かくしん》したのだ。だからファントム号に徐々《じょじょ》に追いあげられ、抜《ぬ》かれたときには、クルー全員が大きなショックを受けた。今もまだ信じられない。

ジェンはジークが落ちこんでいることに気づき、踊《おど》っている人たちから目をはなして言った。

「幽霊船《ゆうれいせん》の謎《なぞ》さえ解《と》ければ、少しは気持ちも晴れるのにね」

「まあね」ジークは無表情《むひょうじょう》に答えただけだ。

ジェンは音楽に合わせて足を動かした。「同じ時間に同じ船がまったく別《べつ》の場所にいるなんて、そんなこと可能《かのう》なのかしら」と口をついて出た。

「ありえない。そんなの不可能《ふかのう》だよ」とジーク。

「そのとおり。つまり、ほとんど同じ船が二艘《そう》ある、ということね」

「というか、まったく同じ船だよ」ジークが言いなおした。

ジェンはクラッカーにカニのディップをつけた。「でも、それはへんよ。どうしてまったく同じ船が二艘《そう》あるわけ？」言いおわるとクラッカーを口にポンと入れ、くちびるをペロッとなめた。ビーおばさんの味みたいだ。かんでいるうちに、ラカッサ号の船長の言葉を思い出した。たしか重さのことを言っていたような。船が重いと……かたくてじょうぶな木材《もくざい》……スピードが出ない……。

「わかった！」ジェンは叫《さけ》んだ。

ジークはつまようじで刺《さ》したばかりの肉団子《だんご》を、あやうく落とすところだった。かろうじて、甘辛《あまから》いたれをシャツにたらすことなく口に入れることができた。

「わかったわ！　ヨットはすべてレース前日に計測《けいそく》されていたのよね？」

ジークはうなずいた。おぼろげにだが、ジェンがなにを言おうとしているのかが見えてきたような気がする。

「規定重量《きていじゅうりょう》のファントム号と、もっと軽くて速い、うりふたつのにせものとがあったとしたら？」

「それじゃ不正行為《ふせいこうい》だよ。勝てないさ」

「見つかったら、ってことでしょう」とジェンが指摘《してき》した。

「それでレース序盤《じょばん》でスピードを落としたんだ。問題が生《しょう》じたように見せかけてね」ジークが頭の中を整理しながら、ゆっくりと話した。「クルーが速いほうの船に乗り換《か》えてから、ぐんぐんと追いあげ、追い越《こ》していったんだ」

「そうよ！　さあ、ティル船長に報告《ほうこく》しに行こう」

ジークは腕《うで》をのばしてジェンを引き止めた。「まだだよ。もしぼくたちがまちがっていたら、ミスティックの負け惜《お》しみだと思われるだけだからね。まずはぼくたちのこの推測《すいそく》が正しいってことを、たしかめるんだ」

「今夜、かくれ入《い》り江《え》に行けばいいのよ。もうひとつのファントム号を見せてあげる。なにを賭《か》けてもいいわ、レース中は重いほうの船を入り江にかくしていたのよ」

「ゾディアックを借《か》りてくる。桟橋《さんばし》で会おう」ジークはそう指示《しじ》すると、レンタル小屋へ向かった。

ジェンは、なにをしようとしているのか気づかれないようにしながら、ジークを待っていた。もしファントム号のクルーにでも目撃《もくげき》されたら、疑《うたが》われてしまう。ようやくジークがエンジンの鍵《かぎ》を持ってやってきた。二人はゾディアックにとび乗ると、できるだけすばやく、できるだけ静《しず》かに出発した。ジークは栈橋《さんばし》からかなりはなれるまでは、エンジンをかけなかった。

海面が波立っている。しかも北から冷《つめ》たい空気が流れてきている。まるで嵐《あらし》が近づいているかのようだ。ジェンはおととい、スティシーといっしょにかくれ入《い》り江《え》を調べにいこうとして、ショー船長に止められたことを思い出した。あのとき船長が警告《けいこく》したような嵐は結局《けっきょく》来なかったことに、今気づいた。ショー船長は自分たちを入り江やかくした船に近づけまいとして、話をでっちあげたのだろうか？

証明《しょうめい》することはできないが、そうにちがいないとジェンは確信《かくしん》していた。

ところが、今夜はほんとうに嵐が来そうだ。ジェンはしっかりとロープにつかまった。救命胴《きゅうめいどう》衣《い》をとくにきつくしめておいてよかった。おだやかな湾《わん》を抜《ぬ》けると、風が強くなり、細かな波が一気に大波《おおなみ》へと変《か》わった。不安になり、ふりむいてジークを見た。ところが、目に入ったのは、ぼんやりとかがやくジークの歯だけだった。なんとジークは、にんまりと笑《わら》っていたのだ！

うめき声を出したくなるのをがまんして、指で十字を作り、ゾディアックが転覆《てんぷく》しないことだけを祈《いの》った。ポセイドン三角海域《かいいき》のそばを通るときには、足の指でも十字を作ったくらいだ。この謎《なぞ》はここから始まった。ここで終わりなんてことだけは、やめてほしい！

ジークがようやくかくれ入《い》り江《え》の中へと舵《かじ》を取ると、ジェンはほっとした。外海から遮断《しゃだん》されているこの入り江では、ゴムボートがはねたり、波が打ちつけられたりということもない。海面は静《しず》かで、やさしげだ。

ジークはレンタル小屋で借《か》りてきた、明るいライトのスイッチを入れた。そして入り江じゅうを照《て》らしてみた。ジェンはがっかりした。入り江の中は空《から》っぽだったのだ。

「ほんとうにここで船を見たの？」ジークがもう一度水面を照らしながらきいた。「怒《おこ》らないでよ」ジェンの怒《いか》りを察《さっ》して、ジークはあわててつけ加《くわ》えた。「だって、今はいないだろ」

ジークはつづけて言った。「湾《わん》に停泊《ていはく》中のファントム号を調べてみなくちゃ」

ジェンはくちびるをかんだ。正直《しょうじき》なところ、今すぐ港にもどって、二本の足でかたい地面を踏《ふ》みしめたいと思っていた。でもレースに勝つために不正をはたらいた人がいると思うと、腹《はら》が立つ。もしミスティックのノース・スター号が、公正《こうせい》な試合《しあい》の結果《けっか》二位になってしまったのなら、納得《なっとく》できる。でもうそや不正のせいで負けたとなれば、話は別《べつ》だ。「さ、行こう」

「ほんとうにだいじょうぶ？」ジークは光をジェンの顔にあてた。「顔色があまりよくないよ」

「まぶしいじゃないの。さっさと行こうよ」ジェンは手をあげながらジークに命令《めいれい》した。

「ごめん、ごめん」ジークはふたたびエンジンの回転速度をあげた。

おだやかな入《い》り江《え》を出ると、海は先ほどよりもっと荒《あ》れているように感じられた。来るまえにクラッカー程度《ていど》しかつままなくてよかった。船酔《ふなよ》いなんてするものか、とジェンは歯を食《く》いしばった。

遠目《とおめ》には、ファントム号にはだれも乗船していないようだ。クルーたちはパーティーで優勝《ゆうしょう》を祝《いわ》っているのだろう。六人のクルーと船長の全員が？　そうであってほしい、とジェンは願《ねが》った。

ジークはゾディアックをファントム号の横につけた。ジェンが以前《いぜん》見たときと同じように、縄《なわ》ばしごがさがっている。あのときに調べた船と同じ船のはずだと思いながら、ジェンは縄ばしごをのぼり、ころがりこむように、デッキにおりた。スカートをはいていたので、このまえよりずっとむずかしかったのだ。

つづいてジークも乗りこんだ。「なにか不審《ふしん》なものは？」岸からはかなり距離《きょり》があるが、小声できいた。パーティーの音が港の中をただよっている。

「まえのままみたいよ」ジェンは見まわしながら答えた。「でもだれかが片《かた》づけたみたいね。まえはもっとちらかってたもん」

二人は船尾《せんび》からスタートし、ゆっくりと船首《せんしゅ》に向かっていった。ジェンはあらゆるものをじっくりと見てまわった。でもこのまえとくらべても、場ちがいなものや、まったく変《か》わってしまったところはない。ジェンは手をのばして、イルカの船首像《ぞう》をなでた。

ジークもジェンも、手がかりをさがすことに全神経《ぜんしんけい》を集中していたので、オールが水をかく音が徐々《じょじょ》に近づいてきたことに気づかなかった。そしてとつぜん、どなり声が聞こえた。「そこの二人、なにをしているの？」

ジークがあわててふりかえった。

「つかまえて！」その人は命令《めいれい》した。

ジェンは悲鳴をあげた。

ジークは肩《かた》をぐいとつかまれると、まえに押《お》し出された。つまずき、どうにか体勢《たいせい》を立てなおして顔をあげると、そこにはショー船長の顔があった。今はあまり親切そうには見えない。

船長はジークをにらみつけた。「二人とも、なにをたくらんでいるの？」

「このきれいな船を見たかっただけです」とジェン。声がふるえている。

「そうなんです」ジークも調子を合わせる。「船首にあるイルカがかっこいいんで、近くから見てみたくて」

ショー船長は不愉快《ふゆかい》そうに目を細めた。

ジェンはジークのほうを見て、ふるえてしまった。あの背中《せなか》を丸めた男の人が、ジークの肩《かた》をしっかりとつかんでいる。ショー船長は、さっきから着たままの救命胴衣《きゅうめいどうい》のまえを、キュッとかたくしめた。

「わたしをばかにしているの？」ショー船長が声を荒《あら》らげた。「なにかあるのはわかっていたわ。だから舟《ふね》をこいでここまで来て、不意打《ふいう》ちにしようと思ったの。こうなったら――」

「そこまでだ！」太い声がひびきわたった。

とつぜん強く押《お》されて、ジェンの体が宙《ちゅう》を舞《ま》った。気がついたら、水しぶきをあげ、冷《つめ》たい海の中に落ちていた。力強い腕《うで》で無事《ぶじ》船に引きあげられ、歯をガチガチ言わせてふるえていたら、だれかが大きな毛布《もうふ》を肩にかけてくれた。そこでようやく、ティル船長とセイバー船長の姿《すがた》に気づいた。

「いったいなにごとかね？」ジェンのふるえがおさまるのを待って、ティル船長がきいた。

「それはこちらのせりふですよ」ショー船長が切りかえした。「この人さわがせな子どもたちを、こんなところで発見したんですからね。不法侵入《ふほうしんにゅう》ですよ。警察《けいさつ》にうったえますからね」

ティル船長は首を横にふった。「それはどうでしょう。とにかく、ちょっと待ってください。ジェン、ジーク、どうしてここにいるのか、説明《せつめい》してくれないか？」

ジークはセイバー船長のほうをちらっと見た。だまったまま、まるで船首像《せんしゅぞう》のように微動《びどう》だにしない。「あのー、ぼくたちは、ファントム号がなんとなくあやしいと思って」そこまで口にして、なんてばかげて聞こえているだろう、とジークは思った。「最後尾《さいこうび》にいた船が優勝《ゆうしょう》するなんて、どうしてそんなことが可能《かのう》なのか、わからなかったんです」

「経験《けいけん》があるからよ」とするどい口調《くちょう》でショー船長が言った。「当然《とうぜん》の結果《けっか》なのよ」

ジェンが口を開いた。「ほんとうにごめんなさい」そう言いながらまえに出た。「この船の中を見てみたかったんです。勝手に想像《そうぞう》ばかりふくらませてしまって」イルカの背中《せなか》をもう一回なで、首をかしげた。そして直感的《ちょっかんてき》に、にぎりこぶしを作ると、側面《そくめん》をたたいてみた。軽いポンポンという音がした。このイルカの中は空洞《くうどう》になっている！

ショー船長はせきばらいをして、不安そうに笑《わら》った。「わかったわ。うったえたりはしません。でもみなさんには今すぐおりてもらいます」

「ちょっと待ってください」ジェンが叫《さけ》んだ。もう一度イルカをたたいている。「前回ここに来たとき、このイルカたちはがっしりとしたかたい木材《もくざい》でできていました」

ティル船長はひげをなでながらきいた。「まえにも乗船したことがあるのかい？」

ジェンはちょっと肩《かた》をすくめて、うなずいた。「ゆうべ、しのびこんだんです。でもゆうべ見たイルカは空洞《くうどう》ではありませんでした。これはきのうとはちがう船です、軽い船なんです」ラカッサ号の船長から聞いた、船の重《じゅうりょう》量の話を思い出しながら言った。

「スピードが出るようにね」ジークも、ジェンがなにを言おうとしているのかが伝《つた》わらなかったときのため、つけ加《くわ》えた。

またたく間《ま》に注目の的《まと》となったのが、ショー船長と、その横に立っている背中《せなか》を丸めた男の人だ。「説明《せつめい》しましょう」船長が言った。

だれもなにも言わない。

「あのですね」とはじめたものの、あとがつづかず、ショー船長はうなだれた。

ティル船長は双子《ふたご》に向かって言った。「公式調査員《こうしきちょうさいん》が乗船すれば、やはりノース・スター号の優勝《ゆうしょう》だと判明《はんめい》するだろう！」

ジークは思わず歓声《かんせい》をあげた。自分でもおさえることができなかった。ジェンもにっこりしたが、こんなにもびしょぬれでなければ、もっと喜べただろう。

セイバー船長が無線《むせん》で応援《おうえん》を呼《よ》んだ。ショー船長はこのくわだてのすべてを認《みと》めた。外部の人間を乗船させなかったのは、船そのものやクルーについて、なにかがちがうと気づかれたくなかったからだという。それから、あの背中《せなか》を丸めた男の人は、ボブという名前で、船乗りでもなんでもなかったのだ。

「だからこのあいだは、クルーが六人見えたのね」とジェン。

「そのとおりよ」ショー船長も認めた。「レース時のクルーは五人。それ以外《いがい》に、もう一艘《そう》の船を使っていないときに管理《かんり》する人が何人か必要《ひつよう》だったのよ」

「そしてもう一艘は、かくれ入《い》り江《え》にかくした」ジェンが声をはりあげた。これですべてつじつまがあう。「ジークは船がポセイドン三角海域《かいいき》で消えるところを見たけど、実際《じっさい》にはかくれ入り江に入りこむところだったんですね」

「そのとおりさ」とジーク。「それに、船が崖《がけ》に衝突《しょうとつ》するところを見たとジェンが言っていたのは、夜遅《おそ》くに練習をして、かくれ入り江に帰るところだったんだ」

ジェンはにやっと笑《わら》った。「つまり、どちらもファントムの幽霊船《ゆうれいせん》だったわけね」

ジークはボブにたずねた。「ノース・スター号のロープをぐちゃぐちゃにからませたり、救命《きゅうめい》胴衣《どうい》をかくしたりしましたか？」

「それにゆうべ、係留《けいりゅう》用のロープを切断《せつだん》したりも？」ジェンも口をはさんだ。

ボブは首をふり、ショー船長をちらっと見た。ショー船長が許可《きょか》をあたえるかのようにうなずくと、ボブは口を開いた。「そんなことはしていません。レースの雰囲気《ふんいき》を味わっていただけです。でもだれのしわざかは知っています」

「だれ？」ジェンはびっくりして、きいた。

ジークが手をあげた。「待って。まだ言わないで。にせの電話をトミーにかけ、ぼくにいろいろなことをしかけて、ジュニアクルーの選考《せんこう》を妨害《ぼうがい》していたのが、クリスだというところまでは突《つ》き止めた。でも〝悪ふざけ〟のたぐいはどれも、クリスのしわざではなかった。となると、リーガル・ウィンド号のセイラム・ディッキーじゃないかな」

「そのとおりよ」とショー船長。「ボブが目撃《もくげき》していたの。でもどうしてわかったの？」

ジークはにやっと笑った。「さっきゾディアックを借《か》りたときに、最近《さいきん》スキューバ・ダイビングの装備《そうび》を借《か》りた人がいないか、きいてみたんです。そうしたら唯一《ゆいいつ》借りていたのがセイラムでした」

「こんなにいろいろと問題を起こしていたとは」とティル船長。「自分のやるべきことに集中していればいいものを」

「どういう意味ですか？」ジェンがたずねた。

ティル船長の顔が思わずにやけた。「帆《ほ》の手入れをまかされていたんだが、おこたっていた。やつの不注意で帆が破《やぶ》れてしまったんだ。リーガル・ウィンド号は完走《かんそう》すらできなかったのさ！しばらくはミスティックにあらわれることもないだろう！」

ジェンとジークも顔を見あわせ、笑《わら》った。

「ひとつきいてもいいですか？」ジェンがティル船長にたずねた。「このあいだ、南の入《い》り江《え》のほうには行かないほうがいいとわたしたちに警告《けいこく》したのは、なぜだったんですか？」

「あぶないからに決まっているだろう」

「それだけ？」ジェンがきいた。

船長は困《こま》ったような顔をしてうなずいた。

「それに、ノース・スター号の重量《じゅうりょう》を軽くするよう、セイバー船長をけしかけているのを聞いてしまったんですが、あれはなんだったんですか？」ジークもたずねた。

白髪《はくはつ》の紳士然《しんしぜん》としたティル船長は、ここできまり悪そうな顔を見せた。「恥《は》ずかしいところを見せてしまったね」正直《しょうじき》に認《みと》めた。「もっともビリー・セイバーは誇《ほこ》り高き男で、わたしの口車《くちぐるま》に乗るようなことはないとわかっていたんだ。ちょっとした冗談《じょうだん》だったが、不正をはたらいているように聞こえただろうね」そう言うと双子《ふたご》のほうに身をかがめた。「今回のことは忘《わす》れてくれるかい？　二度とあんな冗談は言わないと約束《やくそく》するよ」

「もちろんです」ジークが答えると、ジェンもうなずいた。

そこにセイバー船長が、無線室《むせんしつ》から大またでもどってきた。ジークはその船長に向かってたずねた。「これまでのミスはぼくのせいじゃないと、わかっていただけたでしょうか」

「心配するな、ジーク。真実は明らかになった。きみは最高《さいこう》のジュニアクルーだよ。でもそれだけじゃない。きみときみの妹は最高の探偵《たんてい》だ！」

ちょうどそのとき、見事な花火が夜空をいろどった。

サリー・ショー船長とボブ以外《いがい》はみんな歓声《かんせい》をあげた。

「それで、優勝《ゆうしょう》したご気分は？」ジェンがジークにきいた。
ジークはにっこりと笑《わら》った。「んー、なかなかだね！」

謎解《なぞと》きは話をすることから始めよう——訳者《やくしゃ》あとがきにかえて

ミスティックで開催《かいさい》されることになったヨットレース。このヨットレースにジュニアクルーとして参加《さんか》をめざすヨット好《ず》きのジークでしたが、その足をひっぱるような不可解《ふかかい》な事件《じけん》がつづきます。だれかがジークのクルー入りをはばもうとしているのでしょうか。しかもミスティック沖《おき》で謎の船影《せんえい》が目撃《もくげき》されます。その場所は「ポセイドン三角海域《かいいき》」として知られる、不吉《ふきつ》な一帯《いったい》。船の事故《じこ》が多く、魔物《まもの》がいるという説《せつ》もあります。あれは幽霊船《ゆうれいせん》？　このままではヨットレースそのものがだいなしになってしまいます。はたしてジークはジュニアクルーに選《えら》ばれたのでしょうか、無事《ぶじ》にヨットレースは開催されたのでしょうか。船酔《ふなよ》いするから海は好きではないというジェンもジークのために、海で真相解明《かいめい》に乗り出します。

謎《なぞ》めいた三角海域《かいいき》と聞いて真っ先に思い浮《う》かべるのが、「バミューダ・トライアングル」でしょう。アメリカの南東に位置《いち》するフロリダ半島の先端《せんたん》と、カリブ海のプエルトリコ、北大西洋沖《おき》のバミューダ諸島《しょとう》を結《むす》ぶ三角形の海域です。昔から船や飛行機《ひこうき》が消えてしまうとして「魔《ま》の三角海域」と呼《よ》ばれてきました。この海域を一気に有名にしたのが、一九四五年に起きたアメリカ海軍《かいぐん》「フライト一九」失踪事件《しっそうじけん》です。天候良好《てんこうりょうこう》の中、基地《きち》を飛び立った海軍の飛行小隊《しょうたい》が、こつぜんと姿《すがた》を消し、その捜索《そうさく》に向かった飛行艇《てい》までもが完全《かんぜん》に消息《しょうそく》をたってしまったという事件です。のちに、多少の誇張《こちょう》があったと認《みと》められたものの、この海域でなんの痕跡《こんせき》も残《のこ》さずに船や飛行機が消滅《しょうめつ》した例《れい》は、ほかにもあると言われています。この海域では、科学では解《と》き明かせない力や現象《げんしょう》が働《はたら》いていると考えている研究者たちが多いのです。ブラックホール説《せつ》、宇宙人説《うちゅうじんせつ》、タイムトンネルのような空間ができるという電子雲説など、とほうもない説もあれば、有毒《ゆうどく》ガスのメタンハイドレート説のような、もっともらしい説明もありますが、どれも現代《げんだい》の科学では証明《しょうめい》されていません。謎が謎を呼び、人々の注目を浴《あ》びつづけています。本やテレビ番組のテーマとしてもよく取りあげられ、議論《ぎろん》されていますが、真相はいまだ謎のままなのです。

世の中には、このように科学や理論で説明できないことがきっとたくさんあるのだと思います。でも双子《ふたご》探偵《たんてい》ジークとジェンは、どんなに不可解《ふかかい》で奇妙《きみょう》な事件でもあきらめることなく、その解明《かいめい》をめざしてきました。これまでにも宿泊客《しゅくはくきゃく》が次々と危険《きけん》な目に遭遇《そうぐう》したり、遺跡発掘現場《いせきはっくつげんば》で奇妙《きみょう》なできごとがつづき、過去《かこ》の呪《のろ》いかとおそれられたり、サーカスの目玉のトラが姿《すがた》を消したり。今回は、とくにジークの周辺《しゅうへん》で事件《じけん》がつづきます。メモがなくなったり、盗《ぬす》まれたはずの品がジークのバッグにこっそり入れてあったり、片《かた》づけたはずのものが別《べつ》のところに移動《いどう》されていたり。ジークは妹のジェンや、親友のトミー、ステイシーの力を借《か》りながら、これらの「いたずら」に屈《くっ》することなく、ついに真犯人《しんはんにん》を突《つ》き止めます。

「いたずら」と「いじめ」は少しちがうかもしれませんが、同じような解決法《かいけつほう》が使えるのではないか、とわたしは思います。とくに子どもの世界には「いたずら」はつきものです。ただ、その「いたずら」をした側《がわ》とされた側の感じかたのちがいで、ちょっとした「いたずら」が「いじめ」に発展《はってん》してしまうことがあります。そんなとき、まわりの人を巻《ま》きこんでしまったほうが、うまくいくと思うのです。された側は、自分の仲間《なかま》とその気持ちを共有《きょうゆう》することで受け止めかたに余裕《よゆう》ができます。した側は仲間から指摘《してき》されることで、自分がおこなったことの重大性《じゅうだいせい》に気づきます。家族でもいい、友だちでもいい、近所のおばさん・おじさんでもいい、思いを口にしてみれば、この温度差《さ》をちぢめることができるはずです。双子探偵《ふたごたんてい》ジークとジェンのように、まわりの人とたくさん話をしてください。いろいろな知恵《ちえ》がわいてきたり、すなおになれたり、いやなことがいやだとは思わなくなったり、楽しいことが何倍にも楽しくなったりするものです。

さて、双子《ふたご》探偵《たんてい》ジークとジェンの次の活躍《かつやく》の場は、ミスティックの古い劇場《げきじょう》。かつてこの町の少女を一躍《いちやく》ハリウッド女優《じょゆう》へと押《お》しあげたミュージカルが、五十年ぶりに子どもたちによって再演《さいえん》されることになりました。ところが、その劇場では夜《よ》な夜《よ》なあやしい音がひびきわたり、稽古《けいこ》中にも不可解《ふかかい》な事件《じけん》がつづきます。この劇場には幽霊《ゆうれい》が棲《す》みついているのでしょうか。ジークとジェンはミュージカルの稽古や準備《じゅんび》に追われながらも、真相を解明《かいめい》すべく奮闘《ふんとう》します。お楽しみに！

二〇〇六年十二月

早川書房の児童書〈ハリネズミの本箱〉

〈双子探偵ジーク＆ジェン⑤〉

謎《なぞ》の三角海域《さんかくかいいき》

二〇〇七年一月二十日 初版印刷
二〇〇七年一月三十一日 初版発行

著者 ローラ・E・ウィリアムズ
訳者 石《いし》田《だ》理《り》恵《え》
発行者 早川 浩
発行所 株式会社早川書房
東京都千代田区神田多町二―二
電話 〇三-三二五二-三一一一（大代表）
振替 〇〇一六〇-三-四七七九九
http://www.hayakawa-online.co.jp
印刷所 株式会社精興社
製本所 大口製本印刷株式会社

乱丁・落丁本は小社制作部宛お送り下さい。
送料小社負担にてお取りかえいたします。

Printed and bound in Japan
ISBN978-4-15-250046-5 C8097

容疑者メモ

容疑者《ようぎしゃ》

動《どう》　機《き》

疑問点《ぎもんてん》